INK INK INK INK
INK INK INK INK INK
INK INK INK INK
INK INK INK INK INK
INK INK INK INK
INK INK INK INK INK
INK INK INK INK
INK INK INK INK INK
INK INK INK INK
INK INK INK INK INK
INK INK INK INK
INK INK INK INK INK
INK INK INK INK
INK INK INK INK INK
INK INK INK INK
INK INK INK INK INK
INK INK INK INK
INK INK INK INK INK
INK INK INK INK
INK INK INK INK INK
INK INK INK INK
INK INK INK INK INK

INK

文學叢書

221

四章書

泰戈爾◎著
邵洵美◎譯

目錄

導讀

在恐怖與愛情之間掙扎

蔣明霞

這部小說創作於泰戈爾的晚年，是泰戈爾思想成熟的代表。泰戈爾明確表達了他對政治恐怖主義的觀點，他對那些所謂的愛國主義者油腔滑調的嘴臉感到厭惡。

羅賓德拉那特・泰戈爾（Rabindranath Tagore）是印度著名的大詩人。一九一三年以其英文詩集《吉檀迦利》（*Gitanjali*，又名《頌歌集》）獲得諾貝爾文學獎，從此享譽世界。泰戈爾也是著名小說家，小說創作貫穿他的整個文學生涯。他的一生共創作了近百篇短篇小說，四部中篇小說，八部長篇小說。他被稱爲「孟加拉中短篇小說的開創者」。一位「在印度至今無人能與之相比的短篇小說大師」，並被譽爲「世界上最偉大的小說家之一」。

《四章書》是泰戈爾的最後一部小說，全書分爲四個部分。這部小說以當時孟加拉發生的政治鬥爭和動亂引起的憤怒爲背景，塑造了亞丁陀羅和愛拉兩個人物形象。小說的女主人公愛拉是一個擁有碩士學位並且致力於研究工作的年輕女子。她加入了由印陀羅那德領導的革命政黨。

印陀羅那德是一個「在歐洲待過好幾年，並在科學圈子裡爲自己掙得了相當聲譽的人」。在去摩加美碼頭的渡輪上，她遇到了受過高等教育的年輕人亞丁陀羅。他們一見鍾情。

印陀羅那德將愛拉帶進他的政黨是爲了吸引年輕人的加入。他告訴愛拉說：「我在你身上所要求的不是工作。當然，你自己不見得會了解，當那些孩子進盟的時候，你在他們額頭塗上紅色檀香膏，他們感覺到你的手指的接觸，心坎裡會燃起何等樣的光榮。」「凡是性別能發生作用的時候，我總把女人放在神座上。」印陀羅那德對於年輕男人的正確認識很快得到了驗證：亞丁因爲癡愛著愛拉而加入了這個恐怖組織。當愛拉意識到自己已經深深愛著亞丁時，卻因爲自己對於印陀羅那德的誓言而不得不克制對於亞丁強烈的感情，她對亞丁說：「我早就起過誓，把我自己貢獻給我的國家，絕不留一些東西給我自己一個人來享受。我已經許配給我的國家了。」

後來，當她慢慢意識到印陀羅那德領導的恐怖活動的眞正性質時，她走向了亞丁，懇請亞丁引領她走向新的道路，但是亞丁拒絕了她的請求，他的榮譽意識和自尊讓他留在印陀羅那德的身邊，堅持著他厭惡的恐怖主義。與此同時，印陀羅那德知道了愛拉和亞丁之間的感情糾葛，開始一步一步阻止他們。有一次，印陀羅那德問愛拉，如果亞丁變成了他們事業的一個危險因素，她是否會殺掉他？愛拉說道：「我可以毫不猶豫地說『能』，因爲我知道這件事是絕對不會發生的。」之後他又派亞丁去殺愛拉，因爲怕她被員警抓住之後，經過嚴刑拷打說出他們的祕密。亞丁在愛拉的面前把這一切告訴了她，愛拉很高興能死在所愛的人手上。小說在一聲預示著員警正來搜捕他們藏身之處的長鳴的警笛聲中戛然而止。

這部小說創作於泰戈爾的晚年，是泰戈爾思想成熟的代表。在這部小說中，泰戈爾明確表達了他對政治恐怖主義的觀點，他對那些所謂的愛國主義者油腔滑調的嘴臉感到厭惡。「愛國主義對於那些沒有堅定的信念於此而只是浮於表面的人來說，就好比是將鱷魚的脊背當作是過河的渡船一樣。卑劣，不忠誠，相互間的不信任，密謀的詭計，關於權力的明爭暗鬥遲早會把他們拖進泥淖的深淵。毀滅國家的靈魂就能拯救它的生命，這是全世界的民族主義者大聲叫囂的錯誤教條！我的內心呻吟著想要給它強有力的反駁！」「《四章書》涉及了企圖依靠恐怖行動尋求印度獨立的極端行爲，因此在其發表之後引起了激烈爭論。」

但是如果僅僅把《四章書》局限於恐怖主義這一主題是不足的，就像泰戈爾的其他小說一樣，這部小說也是以愛情爲主題的。泰戈爾明確表示：「這本書唯一的主題是愛拉和亞丁的愛情。」他寫道：「男人與女人之間的愛情的性質與發展，不僅取決於男女愛人的個人特徵；它同樣受到周圍環境的作用與影響。」「我試圖在這個故事中呈現愛拉和亞丁在愛情中的不同個性……而孟加拉的革命運動則爲他們的愛情提供了一個特殊的戲劇化的框架。描寫這些運動是次要的，文學的實質是在激烈的革命背景中描寫他們的愛情反抗的心酸和痛苦。」愛是泰戈爾的哲學基礎，在其整個思想體系有著重要地位。泰戈爾曾說：「世界是從愛中生的，世界是被愛所維繫的，世界是向愛而轉動的，人是運行於愛之中的。」

泰戈爾在小說中塑造了各式各樣的女性形象，不僅因爲女人既是愛的施予者又是愛的收受者，更重要的是，泰戈爾認爲女人的本質就是愛，女人最能夠體現愛的價值。他說：「上帝派遣婦女來愛這個世界。她奉上帝的使命來做個人的保護者，她能把殘暴的愛，移向美的完全創造。」因此，《四章書》中最精彩的人物就是女主人公愛拉，這是一個女英雄的形象，是泰戈爾筆下新派女性的代表，對於祖國的熱愛和對於愛情的渴望，讓她的心時刻處於煎熬之中，她一直熱戀著亞丁，但她之前向印陀羅那德發過的誓言讓她不得不抑制愛的衝動。她知道亞丁由於愛她，才會違反自己的心意走向這個組織，但她又無法償還這一份感情的孽債。這種感情與信仰的激烈衝突，內心無法彌補的歉疚之意終日折磨著她，使她在心靈中得不到片刻的寧靜。像泰戈爾筆下所有新派女子一樣，愛拉是一個敢愛敢恨的人，當她知道了這個運動的眞實目的，從盲目的信仰中醒悟過來，發現是自己一手毀了所愛的人，也毀了自己時，她熱情地表達了對亞丁深藏的愛意，她緊緊地抱住亞丁說：「殺死我，恩陀，你親手來殺死我。我再不會有更快樂的收場了。」當亞丁爲了減輕她的痛苦，想給她吃麻醉藥時，她勇敢的說：「扔掉它。我不是一個弱者。讓我醒著死在你懷裡。讓我們最後的一吻永久不滅，恩陀，我的恩陀。」B.馬宗達①說：「愛拉是泰戈爾筆下塑造的女英雄中最勇敢的一個……再沒有泰戈爾塑造的其他女英雄像愛拉這樣善於分析和直言了。」

我們可以用K. R. S.因加爾②對《四章書》的總結來評價這部小說：「《四章書》是泰戈爾觀點的最好表達，但是它也只是一種從同情和愛中產生的祝福。泰戈爾看起來想表達很多：結果不能證明手段是正確的，集體的需要不能證明對個體的鎮壓是正確的。不僅權力是腐朽的，得到權力的道路也是腐朽的，而且是越來越腐朽；政治和革命在凱撒的市場裡就像是日用品般；但是仁慈、愛和憐憫卻是上帝自己的禮物。愛是最偉大的眞實，因爲只有愛才能戰勝死亡。就像是《齊瓦哥醫生》（*Doctor Zhivago*）中的尤里和拉拉一樣，愛拉和亞丁也僅僅是闡明了愛情甘苦參半的味道：《四章書》就是泰戈爾的《齊瓦哥醫生》。」

註

①B.馬宗達，原名 Bimanbehari Mazumdar，印度作家，主要作品有：*Lord Chaitanya, a Biographical Critique. History of Indian society and political ideas, from Rammohan to Payanda. Krsna in history and legend. Congress and congressmen in the pre-Ganhian erea:1885-1917.*

erea:1885-1917.

②K.R.S.因加爾，原名 K.R.Srinivasa Iyengar ，印度作家、評論家，主要作品有：*Indian writing in English. Leaves from a log. Shakespeare. Crime and punishment in Shakespeare. Rabindranath Tagore.*

蔣明霞

一九八六年生，四川樂山人，現就讀於四川大學文學與新聞學院，比較文學與世界文學專業碩士研究生，研究方向爲印度文學。

四章書

FOUR CHAPTERS

第一章

印度既然繼續在用著檀香膏和硃砂粉崇拜它自身毀滅的毒菌，我又能懇求誰、祈禱誰來赦免它的命運呢？我所採取的完全是一種冷靜的科學態度，要知道，腐爛的病根不治好，結果便是死亡。

場景是一個加爾各答的茶館。一邊是個小房間，陳列著一些大學、中學的課本，公開出售。大部分是舊書。裡面有幾部歐洲大陸的現代小說和戲劇的英文譯本。一般學生，有機會的時候，便翻開來讀讀。對於這一點，店主人完全不表示反對。店主人叫做喀乃依．古普太，他是一個退休的副巡長。

為著有些喝茶人喜歡比較清靜，前房拿一塊破爛不堪的車袋布隔了開來。這一部分的店堂，今天有一種特別收拾過的樣子。椅凳不夠，使用各式各種印著有「大吉嶺茶葉」字樣的木箱來湊數。茶具當然也不一律；白瓷的盤碟太少了，便用藍色搪瓷的來補充。桌子上有一只斷柄的牛奶壺，裡面插了一束鮮花。

這時候差不多下午三點了。那些孩子邀請愛拉的時候，講定兩點三十分，還特別要求她一分鐘也不要遲延。他們選擇這樣早的時間，是因爲只有這時候那個茶館是空的。愛拉準時來到，可是那些孩子一個也不見。她孤單單坐在那兒，心想她會不會搞錯日子，突然看見印陀羅那德走進房來，不覺吃了一驚——萬想不到他竟然會在這個地方出現。

印陀羅那德到歐洲去耽上好幾年，在科學圈子裡爲自己爭得了相當的聲譽。他盡有資格去擔當那些最高的位置。可是他在歐洲的時候，曾經偶爾同一個政治嫌疑犯見過幾次面，爲了這個緣故，他回國以後，只見所有進身的機會都向他關上了門。最後，經過一位有名的英國科學家的特別推薦，他獲得了一個教師的位置，可是，他那個上司的才能遠不及他。無能再加上嫉妒，於是設下了種種的障礙，使他沒有法子繼續他科學的研究，到後來，竟把他遷調到一個沒有實驗室的大學裡去。他忽然明白過來，十分痛心，他知道在他自己的國家裡，他是絕對沒有希望去夢想飛黃騰達了，雖則他相信在別的地方他一定可以享受到名譽和地位。在這裡，他們罰他永遠坐在冷板凳上教書，一直教到他工作能力終了的時候，然後給他一些微薄的撫卹金，把他勉強養到他生命終了的日子。拿他的才能這般地去賤賣，他是絕不肯甘心屈服的。他終於自己開辦了一個小班子，教授法文和德文，又幫助理科學生補習植物學和地質學。他這個小組織底層的一個隙縫裡，埋藏著一顆祕密目的的種子，它在地下分枝蔓延，越過了監獄牢門，又遠又廣地發展開去。

「你在這兒，愛拉？」印陀羅那德回說。

「你不准那些孩子到我家裡去，」愛拉回答，「所以，他們請我到這兒來喝茶。」

「這個我已經知道了。所以我找了些緊急事務把他們打發到別處去了。我現在是來代他們向你道歉，和付帳的。」

「爲什麼一定要拆散我們的集會呢？」

「我不願叫人家知道你同這些孩子的密切關係。你在明天的報紙上還可以看到一篇我簽了你的名字寄去的文章。」

「這篇文字如果是你寫的，那就沒有人會相信我的簽名是眞的。你的文體不容易叫人來頂替。」

「我非但改換了我的筆跡，而且故意把那篇文章寫得缺乏理知，可是充滿了道義的感情。」

「怎麼寫的呢？」

「你在文章裡說，我們那些孩子一定會危害我們的國家，因爲他們那種煽動人心的工作做得太不及時了。你痛切地向全孟加拉的婦女們呼籲，要求她們盡心竭力來拯救這班無理可喻的頑童，使他們過火的頭腦能夠冷靜下來。可是，你又指出，站得遠遠地去忠言諄勸是沒有用的。婦女們應當走進他們中間去，應當走進他們迷醉的魔窟裡面去，哪怕她們因此自己遭受到政治嫌疑犯的命運。你們婦女們都屬於『母性』，你說，你們如果能把他們的罪名背在自己身上，把他們拯救出來，這種的犧牲，即使送掉生命，也是值得的。你知道，愛拉，你慣常宣揚你屬於『母性』。我不過是把你這些話和上了辛酸的淚水，寫成文章；當那些愛母親的讀者讀到了這篇東西，他們自會眼淚盈眶。這以後，你如果是個男人的說話，你就未始不可能取得一個『巴哈陀』①的頭銜。」

「我並不否認，」愛拉想了一想說，「你叫我說的那些話，可能代表我眞正的感情。我當眞喜愛這些可怕的孩子——你上哪兒去找他們這種樣子的人呢？我自從和他們一塊兒在大學念書，又死掉了我的父母，我就一直跟他們來往。起先，我得說實話，他們經常在黑板上寫著各種各樣關於女學生的話。他們那種惡作劇害得有幾個女孩子很生氣，可是，我總是站在男孩子一邊。我知道這是因爲他們不常在這種環境裡遇見女性，所以他們不懂規矩。他們和我們混熟以後，他們整個兒態度就變得溫柔、自然了——有時候，也許還太溫柔了一點兒呢。可是那又有什麼關係？我打我自己的經驗裡邊知道，跟男孩子交朋友眞容易，只要這個女孩子不在有意無意中變成了個獵人。那時候，我可以決定，他們裡面最好的幾個，身上沒有絲毫鄙俗的成分，便會一個一個逃走了：他們是眞正的大丈夫，懂得怎麼樣來尊敬女人——」

「你指的是，」印陀羅那德笑了一笑問道，「那些不像城市裡普通的男孩子那樣的人，那些微妙的感情並沒有腐臭發酵的人嗎？」

「是的，我指的就是那些像我自己一樣，打農村裡來的人。也就是這班人，我看見，在沒命地追逐著死神的使者。我是不是該安安定定坐在家裡，看著他們去尋死呢？讓我老實對你講，老師。我們越是這樣下去，我們的目的便越是不像個目的，而變成一種痲醉狀態了。這些卓越的孩子，正在一個瞎眼的凶神的祭壇前活活地被犧牲了。我的心也碎了！」

「我的孩子，」印陀羅那德道，「這種精神突變的症象，在大戰前夕是常有的。《摩訶婆羅達》裡講到那位天下無敵的阿辰那，在古羅克希德拉大戰開始出動廝殺以前，也受到過這種折磨。再說我自己，當年做醫科學生，第一次不得不解剖死屍的時候，我駭得幾乎昏厥過去呢。這種的突變本身就要不得。爭取權力，最先便應當崇拜殘酷，到了後來，也許再可以發生慈悲。你自己炫耀你屬於『母性』。可是這裡面並沒有什麼光榮。母性意識是一種天然的機能，在下等動物身上同樣可以找到。你們女性原是權力的化身，這件事要重大得多。你得要證實這一點。你得要給予力量，給予男人力量。」

「你就是用這種花言巧語，哄得我們神顛魂倒。你要求我們給予的東西，遠比我們身上所有的要多呢。」

「就因爲要求得多，所以完成得也多。我們堅決相信你們是什麼，你們就會變成什麼。你同樣也得這般地來相信我們，我們奮鬥的目標就能夠實現了。」

「我眞愛聽你說話。可是今天不必多講了。現在我有什麼事要跟你談談。」

「很好，那麼，」印陀羅那德表示同意，「我們到後房裡去。」

他們一同走進了後邊那個暗沉沉的屋子。這兒只有一張破舊的桌子、幾條長凳，牆上掛著一幅印度地圖。

「我不得不告訴你，」愛拉開言道，「你做了一件錯盡錯絕的事！」只有愛拉敢對印陀羅那德說這種話，可是，就連她也不很容易；她的聲調聽來十分緊張。

如果說印陀羅那德生得漂亮，那可還沒有形容盡致。他身上放射出一種緊張、頑強的吸引力。彷彿他肉體裡面深藏著一個轟雷，你聽不見隆隆的聲音，可是不時會看到冷酷的閃電。他的臉上，一看便知道受過了大城市的洗鍊，好像一把磨快的刀子。要他說嚴厲的話，他並不感到困難，可是他說起來總帶著笑容。憤怒從來不會使他提高嗓子，只會使他的笑容改變一些成分。他對於外貌的修飾只求能維持他的尊嚴，別的都不在心上。他的頭髮剪得很短，用不到特別梳理。他的皮膚是杏仁色的，只是臉上略微帶點兒黑。他眼睛裡閃耀著尖銳的光亮，閉緊的嘴唇上顯露出堅決的意志。他會毫不躊躇地向你作出最最不合情理的要求，一心認為他絕不能輕易把它忽略。有些人相信他有絕頂的聰明，有些人相信他有神奇的法力；因此有些人見了他非常恭敬，有些人見了他十分懼怕。全國的學生都把他看作是一位無冕皇帝。

「我做錯了什麼事？」印陀羅那德笑著問。

「你下了個命令給烏瑪，她根本不要結婚，你卻硬要她結婚。」

「誰說她不要結婚？」

「她自己說的。」

「可能她自己也不曉得她自己的心思，或者是她不肯說出口來。」

「她不是向你賭咒說她永遠不結婚的嗎？」

「她當初說這句話的時候，確實是眞心眞意的，可是現在已經靠不住了。眞理不能用說話來創造。她自己也會破壞她的誓言。我爲了顧全她的顏面，所以由我來逼著她破壞。」

「守信不守信是她一個人的責任——如果她決計破壞她的誓言，出了事自己負責，又有什麼關係呢？」

「一個人開了頭，將來發展開去可沒完沒了，我們大家都要受到損失。」

「這個女孩子哭得心也碎、腸也斷了。」
「這樣說來，我可以把她的痛苦的期限縮短到後天爲止。」
「後天以後的日子，又叫她怎樣過呢？」
「女孩子們在出嫁前灑的眼淚，好比是早晨的雲霧，太陽一升起它就消散了。」
「啊，你眞殘酷！」
「要知道，上天雖然愛人類，可是他本身是殘酷的。他的恩惠專給那些下等的動物。」
「你當然知道烏瑪愛的是蘇古摩。」
「所以我要把他們分開。」
「去處罰他們的愛情嗎？」

「處罰愛情是毫無意義的。好比一個人出了天花，你要去處罰他一樣。不過，把那個病人遷出屋子、送進醫院，究竟比較好些。」

「爲什麼不能讓烏瑪嫁給蘇古摩呢？」

「他犯了什麼罪？他是我們最好的孩子裡面的一個。」

「如果他自己願意娶烏瑪——」

「十分可能。所以我這樣著急，一個女孩子要讓一個像蘇古摩這樣豪爽的小伙子去爲她顚倒實在太容易了。幾滴眼淚，灑得對勁，就能夠叫他相信他平時那種慇懃的禮貌等於是鼓勵她來愛他。我這樣率直會使你生氣嗎？」

「我爲什麼要生氣？難道我沒有親眼看見過一般女人，用著怎樣沉靜、巧妙的手腕，經常不斷地惹動人家這種的鼓勵，到後來那些男子便不得不硬著頭皮將她們接受下來！現在的年頭，男女之間應當公平交易了；我要這樣子，我想那些女孩子不見得就能怨恨我吧。再說，你逼著烏瑪去嫁的那個犧牲者，他怎麼講呢？」

「他是一位沒有骨氣的好好先生，這種人從來沒有什麼自己的意見。他的眼睛裡，孟加拉每一個女人都是造物主的精心傑作。這種人類的渣滓該打小圈子裡扔出去，爲他們最合適的垃圾桶就是結婚。」

「如果這種相互吸引的情況使你這般地擔心，你爲什麼又把男男女女聚攏在一起呢？」

「因爲我不需要那種渾身披著喪服、塗著灰燼的苦行僧，也不需要那種把天然的慾情化成灰燼的自我犧牲者。我們要的是火的崇拜者，可是他們如果有人在自己身上燃起了火，我們就得把他們攆出去。我們的火勢必須蔓延全國，那些自己的火已經熄滅了的，或是控制不住自己的火燄的，當然都辦不到。」

愛拉一路嚴肅地聽著他講。現在她低下了頭，喃喃地說，「那麼，讓我離開你吧。」

「你叫我怎麼能忍受這樣的損失？」

「我怕你並不了解我。」

「誰說我不了解你？難道我那天沒有注意到一股紅氣爬進你白色土布的 **Khadi** ②裡面去嗎？它告訴我這裡面藏著個玫瑰色的早晨。難道我瞎了眼，看不出你一聽得什麼腳步聲，耳朵就會豎起來嗎？難道我上星期五來到你房裡的時候，我感覺不到你是在盼望著另外一個人嗎？」

愛拉一聲不響，臉上一直紅到耳根子。

「你愛著一個人，」印陀羅那德逼緊一步說。「那有什麼相干呢？你的心不是石頭做的。我知道你愛的是誰。這也沒有什麼難爲情的地方。」

愛拉記得五年以前，有一天她伯父家請客，她無意中第一次遇見了印陀羅那德。她克服了平時那種羞怯的態度，要求參加他的工作，他於是叫她去管理一個新近在加爾各答開辦的女子中學。他當時說過：「我只要你答應我一件事，千萬不要把自己捲進社交的漩渦裡去。你不該到社會裡去廝混，你應當完全爲你的國家服務！」

「我答應。」她當時簡單地回答。

「你訓令我們要全心全意獻身給我們的工作。這是不是在任何環境裡面都可能的呢？」她現在問道。

「也許並不是每個人都可能。不過你絕不是一個會讓戀愛把你的誓言絆倒的女人。」

「但是——」

「不用說什麼『但是』。我絕對不能放你走。」

「可是，你知道，我一點兒工作也沒爲你做。」

「我從來沒要你做。我在你身上所要求的不是工作。當然，你自己不見得會了解，當那些孩子進盟的時候，你在他們額頭塗上紅色檀香膏，他們感覺到你的手指的接觸，心坎裡會燃起何等樣的光榮。我的一切枯燥的獎勵哪兒能引起同樣的工作效果？凡是性別能發生作用的時候，我總把女人放在神座上。」

「我絕不瞞你。我這一個愛，一天天把我對別種東西的愛，都壓到底下去了。」

「儘你去愛好了。只有年幼無知的人才會瘋狂地把他們的國家稱做『母親』。我們的國家，對那些高齡的嬰孩說來，並不是母親。她一半是天神，一半是天女。對她最合適的崇拜方式便是男女的會聚，可是這種結合絕不能囚禁在社會所設置的柵欄裡面，因而損傷了它的元氣。」

「那麼，爲什麼又把可憐的烏瑪——？」

「烏瑪！伽羅！他們經得起那種更大的愛嗎？那種熾烈的火燄能叫他們身體不受傷嗎？除了把他們裝在一起，送到婚姻的焚屍場上去，完全沒有旁的辦法。可是不必多講了。我聽說前天晚上有一個強盜走進你的臥房裡去，是不是？」

「是的，有一個人突然走了進來。」

「你的『柔術』的功夫是不是頂管用？」

「嘿，我折斷了他的手腕把他送走了。」

「你這樣幹的時候，你的心腸一點兒不軟下來嗎？」

「我也許會軟下來的，可是我怕他傷害我。我只要看到他有一些退走的樣子，我就絕不會下那記毒手的。」

「你認出他是誰嗎？」

「沒有，太暗了，看不清楚他的臉。」

「你要是看清楚了，你就會知道他是安納地。」

「啊，眞是笑話！我們的安納地嗎？可是他還是個小孩子呢。」

「我派他來的。」

「你！那又是爲了什麼？」

「試探試探你，也試探試探他。」

「那太不成話了！」

「我在樓下那個屋子裡，當場就把他的手腕給治好了。你平時總喜歡說你心腸軟，不肯叫人受痛苦。我要讓你知道，在一個危險的場合，那是完全不合適的。我上次叫你放鎗打一個孩子，你說你不能。另外一個女孩子，你的表妹，爲著要賣弄自己，就依著我幹了。當那個孩子腿上受了傷在地下打滾的時候，她又笑了起來，裝做滿不在乎的樣子。可是她的笑是急笑，當天晚上她完全睡不著覺。如果一條老虎跑來吃你，你還會打不定主意要不要放鎗打死牠嗎？只因爲我眼睛前清清楚楚有一條老虎，所以我從不感到憐憫或悔恨。《梵歌》裡講到訖里史那③勸導阿辰那去戰鬥，他並不是要他做人殘酷，只是叫他在完成他偉大的使命的時候，絕不可讓軟弱的感情來從中阻礙。你明白了嗎？」

「我明白了。」

「如果你明白了，那麼，讓我來問你一句話。你愛亞丁，是不是？」

愛拉沒有回答。

「好吧，萬一他變成了我們事業的一個危險的因素，你能殺死他嗎？」

「我可以毫不猶豫地說『能』，因爲我知道這件事是絕對不會發生的。」

「可是萬一發生了呢？」

「不管我現在怎麼說，誰保得定到了後來不改變呢？」

「你就該要保得定你自己。」

「我有一件事是保得定的。你選我選錯了。」

「恰巧相反，我保得定我沒選錯。」

「我求求你，老師，至少放亞丁走了吧。」

「我是什麼人，配來放他？束縛著他的是他自己當初作出的決定。我知道他的信心素來不堅。每走一步，他的微妙的感情總會受到些傷痛。可是他的自尊心又會逼著他堅持到底。」

一個粗大的聲音在外邊叫道，「是你嗎，兄弟？」

「進來，喀乃依，進來！」印陀羅那德高聲說。

喀乃依．古普太走進房來。他是一個矮矮、胖胖的中年人。他前面的頭髮都禿光了。他臉上已經長著有一個星期的鬍鬚根，他實在忙得沒有工夫去刮。他那土布的下衣和圍身也好久沒洗了。他的茶館的主要目的便是去養活那個組織。

愛拉站起身來告別。印陀羅那德轉過身來對著她說：「愛拉，你走的以前，讓我再來告訴你一件事。我一直在我們團員面前講你的壞話。我甚至警告他們說，有一天也許有必要叫你消失得無形無蹤！我責怪你在破壞亞丁跟我們的關係，這種破壞一定會破壞些別的東西呢。」

「為什麼要不斷地講它，」愛拉答道，「去弄假成真呢。誰說得定，我也許根本就不配待在這兒。」

「雖然如此，我並不不相信你，我卻又總在他們面前毀謗你。外面傳說你一個冤家也沒有。可是我發現大部分平素佩服你的人都極想聽我講你的壞話。」

「他們聽你講，老師，只因為他們喜歡這一類的談話，並不是對我有什麼仇恨。」

「現在不用多講了，」喀乃依揀進來說。「愛拉姊妹，請你原諒我，如果是我在後邊破壞了你的茶會。我這茶館封門的日子也很近了。也許將來再到兩三百哩路以外去開個理髮鋪。」

愛拉出去的時候，在房門口停了一停，回過頭來說：「我一定記住了你的話，老師，我準備著就是了。如果有一天要我消失的話，我自會不聲不響地隱滅。」

「你心裡爲什麼這樣不安，喀乃依？」愛拉走了以後，印陀羅那德問。

「前幾天，」喀乃依道，「有幾個油頭小子坐在沿街的那個桌子上，盡說著些潑天大膽的話。他們的聲調，一聽就知道是『約翰牛』④派來的小走狗。我立刻去報告警察局，把他們那種煽動的話也傳達給他們聽。」

「你確定你不會把他們認錯的嗎，喀乃依？」

「他們大叫大嚷地要把魔鬼的政府浸在鮮血裡面。他們如果全是些傻瓜，那麼，早晚總會遭到麻煩；他們如果是些化裝的暗探，那麼，誰也不能損害他們一根毫毛——我的報告反而會叫他們升官呢。又有一個晚上，我正在算帳，忽然來了個渾身泥土、衣衫襤褸的人，輕輕地問我要二十五個盧比，因爲要上地納吉坡我們的總部去；他當眞還提起了摩德伯伯的名字呢。我連忙跳起身來嚷道，『你說的什麼話，你這個不要臉的惡棍！我馬上來把你送到警察局去。』我當時要是有時間，我一定還會把他拖到警察局去開開玩笑呢。有幾個你的孩子在另外一個屋子裡喝茶，都恨得我不成樣子。他們立刻打他們口袋裡湊一筆錢來給那個傢伙，可是總共不到十三個安那⑤。這時候，那個人早就逃跑了。」

「看來你燒菜的鍋蓋上漏了個洞，香味跑了出去，蒼蠅都飛攏來了。」

「這是毫無疑問的。現在，兄弟，我們得把你這些孩子分散開來，表面上每人還得有一個謀生的方法。」

「對極了，可是你有沒有什麼計畫？」

「早就有了。我非但想了個辦法，還收集了許多材料呢。那個印度醫生卡吠拉吉專門出賣他的『消熱丸』——大部分的原料是奎寧。我把他的存貨全買了來，換上個牌子叫做『除瘧片』。奎寧還得用文釆來配合。讓你那位口齒伶俐的雄辯家普拉都爾把它們放在帆布袋裡，到處去兜售吧。還有你那位內科大夫泰里尼，他可以去作踐他一般相熟的人，到他們那兒去募化一筆基金，爲痘神悉多羅起造一座廟宇。要緊的是，你必須用些粗粗細細的事情來把你那些孩子掩護起來。」

印陀羅那德笑了。「你的口才眞好，」他說：「講得我自己也想去做一些什麼買賣，哪怕不過是去領略一下破產的方法和心理。」

「你手上那個買賣，兄弟，」喀乃依反諷道，「正在往破產的路上走呢，萬無一失。可是現在去談它有什麼用呢？我倒想起一件事情要來問你。我想，你也承認，像愛拉這樣的美貌不是每天見得到的吧？」

「我當然承認。」

「那麼，你爲什麼不怕把她放在你那些男孩子中間呢？」

「我的好喀乃依呀，到了現在，你也該比較了解些我了。怕火的人不能利用火。我的工作裡面絕不能少掉火。」

「那就是說，你不管你玩弄的火會不會把你的工作燒毀。」

「造物主本身也玩弄火。他不喜歡做十拿九穩的事情。這個孩子亞丁，爲著愛愛拉，才加入了我們的組織。他身體裡面有著炸藥，隨時會爆得他血肉橫飛。所以我很想看看他究竟變成個什麼樣子。」

「你聽著，兄弟，我們不過是在你那個恐怖的實驗室裡盡些打掃的義務。如果你那些瓶子裡的毒氣有一個爆炸了起來，我們就逃不掉粉身碎骨的命運。」

「那麼，你爲什麼不辭了職離開我們呢？」

「因爲有一個你手下的人使我們相信你所追求的是長生不老的仙丹；我們這般可憐的傻瓜留在這兒，因爲我們依然盼望著能有實際的效果。你用一個賭徒的眼光來看這種工作，我們卻都是些普通的生意人。我求你，千萬不要惡作劇，結果把我們循規蹈矩記錄下來的帳冊放了一篷火燒掉。登在上面的每一個小錢，我告訴你，都代表著一滴我們的心血呢。」

「要叫我保持無論哪一種盲目的信仰是不可能的，喀乃依。我早就不把勝利和失敗放在心上了。作爲一個輝煌的事業的領袖，我是因爲對我合適才來幹的；勝利也好，失敗也好，都是同樣的偉大。他們把四面八方的門都關了起來，不讓我有出頭的日子。我決計要叫他們看看我的偉大，哪怕每一步路，都會碰上危險。你可以用你自己的眼睛來看，喀乃依，這些徒弟怎樣一聽得我的號召，都會不顧死活地聚集到我的周圍來。爲什麼呢？因爲我懂得怎樣號召。我要我自己明白這一點，也要人家明白這一點；除此以外，我什麼也不稀罕。再說你自己，喀乃依，當初你的外表是十分平凡的，可是我把你那個不平凡的自己顯示了出來。

我把火的力量放進了你身體裡面——這就是我的實驗室的用處。你還能要求些什麼呢？以歷史的眼光來看，一首史詩的結束可能是一敗塗地，屍積如山。但是它依然是一首史詩。在一個被奴役的社會裡作一個被剝削的人，能夠得到『英雄之死』，豈不是最大的光榮嗎？」

「我不知道，大哥，你用了什麼法子，把我這樣一個普通平凡、頭腦簡單、專求實際的人，引進你們這個瘋人院裡，跟著你們一同來狂奔亂跳的。這件事簡直是不可思議。」

「我有駕馭你們大家的力量，因爲我從沒有走來向你們求乞。我並不用什麼幻想來哄騙你們，也不用什麼利慾來引誘你們。我號召你們參加我的敢死隊，並不一定要達到什麼特別的結果，只是來證明你們的勇敢。我的脾氣從不打個人方面去看問題，所以我能愉快地服從一切不可避免的事實。印度既然繼續在用著檀香膏和硃砂粉崇拜它自身毀滅的毒菌，我又能懇求誰、祈禱誰來赦免它的命運呢？我所採取的完全是一種冷靜的科學態度，要知道，腐爛的病根不治好，結果便是死亡。不過即使面對著一切迫在眉睫的死亡的徵象，我也絕不讓灰心失望鑽進我的靈魂。」

「可是我們這些人怎麼辦呢？」

「你們這些人全是小孩兒嗎？如果你們的船在海洋當中裂開了，你以爲憑著痛哭和哀求能救得了它嗎？」

「我們如果救不了它，我們又怎麼辦呢？」

「你們當初不是明知道這條船的情況，可是心裡一些不存什麼恐懼，自己揚起帆來對著大風暴駛去的嗎？只要你們有幾個陪著我一同奮鬥到最後一剎那，我將認為溺死也是勝利。《梵歌》裡不是對我們說的嗎，我們最要緊是執行我們的義務，不必顧慮到它們的結果？」

「難道你不打個人方面去看問題，竟然連憤怒都會感覺不到嗎？」

「對誰憤怒？」

「對英國人。」

「我在歐洲各處都旅行過，對英國的人民很熟悉。我覺得西方人中間要數英國人最偉大。我並不是說他們不會為了爭權奪利來行暴施虐，可是他們幹起來總不能全心全意。他們幹的時候會感到慚愧。他們最害怕的就是向他們國內的大人物去交代他們的行動。他們才是設法來哄騙他們自己，同時也哄騙他們的主子。我就是為了這個緣故，對他們的憤怨總是不能熱烈得冒出火燄來。」

「你眞是個怪人！」

「他們有力量把我們的丈夫氣概完全殲滅，可是他們的良心不容許他們這樣做。爲了這一點，我不得不佩服他們的丈夫氣概。這種的丈夫氣概，由於他們不斷地在他們的帝國範圍內行使著不負責任的權力，無疑地一步步在退化了，而在這種退化的情況中，卻播下了他們自身滅亡的種子。」

「如果你並不仇恨你的敵人，我簡直不懂你怎麼能舉起手來砍殺他們。」

「正像我揮動斧頭去打擊一塊擋住我去路的石頭一般，用不到惹動我的肝火。問題不在英國人是好還是壞。他們的統治是一種對外剝削，消滅著我們整個的靈魂。我要去除這種違反自然的局面，無非是表示人類應有的理知。」

「你可又不確定有成功的希望。」

「不過，即使我面前除了死亡沒有一樣能確定得了，我何必就要來降低我自己呢？失敗的形勢正該勉勵我們去表現我們的丈夫氣概。我深信這是我們最大的也是最後的義務。」

註

①Rai Bahudur，慣常是印度政府贈與英國人的頭銜，意謂「光榮的勇士」。

②印度人一種由家庭手工紡織的衣著。

③《梵歌》今通用《薄伽梵歌》；訖里史那，即克里希納，又稱黑天，爲濕婆第八化身。

④John Bull，英國人的別稱。

⑤Anna，最小的貨幣單位。

第二章

你容許驕傲，我便高視闊步；你喜歡謙虛，我就卑躬屈膝。
你有的是女人的光榮，你丟在旁邊不給我，卻把國家來放在我手裡！國家不能讓人這般地拿在手裡去私相授受。

愛拉坐在窗邊一條躺椅裡，背後墊了個墊子，一個膝蓋放在另一個膝蓋上，忙著在寫什麼東西。她裹著一件紫色土布的沙麗，將就穿在身上，當作家常的工作衣服，經久耐用。她臂腕上戴著幾串紅漆的貝殼，頸項上戴著一條金鍊子。她的肌膚帶著一種象牙的光澤，身段苗條有樣。她看上去非常年輕，可是她的表情卻十分老成持重。靠著一邊的牆壁有一只狹小的鐵床，上面蓋著綠色土布的床毯。地板上鋪著一條粗棉布的地毯。她椅子近邊的小桌子上，有一只墨水缸，還有一只黃銅碗，裡面盛著一球梔子花。

天色漸漸地暗下來了，她正想站起來點燈，只見房門口的簾子突然揭了開來，接著有人喊了一聲「愛麗」①，亞丁便像一陣狂風般衝進屋子。

愛拉心中眞是又驚又喜，她埋怨他道：「啊，你這個野蠻人！怎麼膽敢這樣闖進房來？」

亞丁伏倒在愛拉跟前，一面答道，「生命太短了，禮節太長了。」

「我還沒穿好衣服呢。」

「那更好了。這樣你就配合得上我的打扮了。我曾經是一位紳士，衣服穿得端端正正。全是你把我那些浮華的裝飾剝得乾乾淨淨。我現在這套服裝你喜歡不喜歡？」

「我簡直形容不出。你上衣的前襟上那種東歪西斜的花樣是不是替你自己的手藝做的廣告？」

「不。我不敢拿這件上衣叫裁縫去補，因爲他至少還沒有完全喪失自尊心。」

「你爲什麼不拿來給我呢？」

「你在修補著這個新時代，不是已經夠忙了嗎？我怎麼還能把這件衣服壓在你身上？」

「你爲什麼特別要留戀這件衣服呢？」

「一個人爲什麼要留戀他的老婆呢？因爲他只有這一個。」

「我不懂你的話，恩陀②！你就剩了這一件上衣嗎？」

「你知道，照我從前那種排場，我慣常有許許多多的上衣，而且花樣也不同。後來我們這兒發生了那次大水災。你還記得你的講演嗎？你說：『在這個遍地眼淚的不幸的日子裡，我們有許多婦女同胞身上連一塊遮羞布都沒有，那些衣服多得自己來不及穿的人應當感到慚愧。』我當時沒有勇氣當著大眾面前發笑。我只是在肚子裡暗笑，因爲我知道你衣櫥裡的衣服完全超出了你實際的需要。可是，當然，一個女孩子如果有五十件不同顏色的衣服，每一件對她都是極端需要的。當我把我所有的衣服完全盛在箱子裡放在你跟前的時候，你快活得拍手叫好。」

「眞要命，恩陀！你早該對我明說的。」

「別著急，問題並不這樣悲慘。我有兩件家常穿的深顏色的上衣，穿這件就洗那件，穿那件就洗這件。我還有兩件藏在箱子裡以防萬一呢。」

愛拉輕輕地把亞丁的頭推了開來，打著趣說：「近來你這樣瘋瘋癲癲的是怎麼回事？」

「自從我們第一次碰頭那天起，這個毛病就在我身上作怪了。圓滿如意的日子還沒有來到，便只能像鬼魂一般在無可奈何的境界中去飄浮遊蕩。前面展開著一幅洞房美景，我們早該在裡面結合在一起。我現在來請你進去。我得要打斷你的工作呢。」

「管什麼工作！」愛拉一邊說，一邊便準備站起身來，聽任她那塊寫字板掉在地上。「我去點燈。」

「不，不要點。燈光只能把現實顯露出來。我要帶了你一同沿著這條沒有點燈的大道去走進那個尙未實現的世界。這差不多已經有四年了，那天我在摩加美碼頭搭乘渡輪過河。我當時還保持著一些祖產的殘餘，上面早讓新債舊欠腐蝕得百孔千瘡。奢侈的習慣依然彌留在我身上，如同落日的斜暉。我穿著一件絲織的上衣，一條古金色繡花圍巾端端正正繞在頸項上，我獨個兒坐在頭等艙甲板上的籐椅裡。你自願搭乘露天統艙跟「人民」去同甘苦。突然間，你走來站在我面前。我到現在還忘不掉你那件金黃色的沙麗。一端提了起來裹在後腦上，用簪子插牢在你的髮髻裡，清風吹來它便在你臉蛋的兩邊飄動。你硬裝出從容自在的樣子問我說，『你爲什麼不穿 Khadi？』你記得嗎？」

「我記得很清楚。」

「我要想一想那天全部的經過——你得聽著我講。」

「再好也沒有了。這是我自己新生的歌曲，我心裡總是唱了一遍又想唱一遍。」

「你講話的聲調害得我頭頂一直震顫到腳跟。好像一個霹靂打在我身上。我當時萬一能對一個陌生女子這種從來沒有聽見過的冒昧表示氣憤，我就會循著上流社會那條老路，一直走到我的末日爲止。可是我天性愛好虛榮；我於是立刻得到了一個結論，認爲這個女子如果不是特別喜歡我，她便絕不會走來責備我。你說我想得對不對？」

「你這個貪心不足的孩子呀，我不是對你說了又說，我當時怎樣在三等艙甲板上我那個角落裡，不管有沒有人注意，眼巴巴地盡對著你望嗎？這種一見如故的感覺眞是一種最最寶貴的經驗。『這個奇怪的人物打哪兒來的，』我心想，『他比他周圍的一切要偉大得多，好比是水藻中間的一朵蓮花？』我立刻打定了主意要把這件稀罕的東西吸引到我身邊來——不只是到我一個人的身邊來，而是我們所有的人的身邊來。」

「也是我命該倒霉，侍候一個人不夠，所以你決定要我來侍候許多人。」

「我自己也沒有辦法，恩陀。我早就起過誓，把我自己貢獻給我的國家，絕不留一些東西給我自己一個人來享受。我已經許配給我的國家了。」

「你這個信誓眞是個大罪孽，你繼續遵守它一天，你便多一次沖犯你自己的本性。你竟然把上天親手賦予你的最最純潔的感情，讓你的團體來踩成泥漿；你犯了這種的罪過，一定會受到懲罰。」

「這個永遠也沒有個完日，恩陀！它日日夜夜煎熬我。天神賜給了我莫大的幸運，一件正大光明的禮物，絲毫不用花費力氣便可以拿到手裡，我卻沒有法子接受。心連著心，可是我得忍受寡婦一般的痛苦——但願這種命運的折磨不要加害到別的女人身上！我自小便被幽禁在傳統的柵欄裡面，可是我一見到你，我便對我自己說，『把一切的柵欄都搗毀了吧。』我萬想不到自己身上會發生這樣的革命。我一向自傲我能控制我的情感。我現在不再有這種驕傲了。你到我心裡一看，你便能知道我已經屈服投降了。你是我的英雄，我是你的俘虜。」

「我也在我的俘虜手裡承認了我的失敗，可是這個失敗還沒有完結。每一分鐘我要掙扎一次，又要失敗一次。」

「當我在頭等艙甲板上，恩陀，第一次見到你的時候，我正好因爲坐著三等艙，心中充滿著愛國志士的新生的驕傲。換乘火車的時候，你買了張二等票，我整個的身心便只想往二等車裡走。我甚至想出了一條妙計。我決定在最後一刻跨進你那個車廂，推說是匆忙間搞錯了座位。在我們的古詩裡，總是女人去赴她情人的幽會的。那些詩人這般地來幫助我們，完全是出於憐憫的心腸，明知在現實生活中，受著社會的壓迫，這是多麼地不可能。我們那些不被容許的慾望只能幽閉在我們心裡打轉，到處碰壁。這種的慾望，女人自己知道，可是從來不肯公開承認。

你使我在你面前承認了。」

「你爲什麼要這樣做呢？」

「我一直沒有辦法給你些別的什麼東西。」

亞丁突然將愛拉的一雙手抓在他自己手裡，苦苦地問：「你爲什麼不能呢？是什麼東西不讓你來接受我呢？社會嗎？種姓嗎？」

「笑話，恩陀，我根本沒有想到這種事情！這不是什麼外面的東西。阻礙在我自己身上。」

「這是不是說你並不十分愛我嗎？」

「這不是什麼十分不十分的問題，恩陀。我如果不能移山倒海，千萬不要怪我懦弱。我起過誓絕不嫁人。況且，即使我沒有起過誓，我也不可能結婚。」

「爲什麼不可能？」

「別生我的氣，恩陀！我的愛情本身會來阻擋我。我實在一無可取，我覺得我根本配不上你。」

「你講得清楚一些。」

「我對你講了不知多少遍了。」

「再講一遍。今天晚上我要把我們所有的話講一個徹底。我以後不再來問你了。」

外邊有人在喊道，「姊姊！」

「阿吉兒，是你嗎？進來。」愛拉說。

一個男孩子走進房來。一張漂亮、倔強、頑皮的臉龐；蓬蓬鬆鬆的鬈頭髮；淡褐色皮膚，像嬰孩的一般柔嫩；兩隻眼睛一霎一霎地閃著光。

他穿著卡其布的上裝，頸項裡那顆鈕子沒有扣上；一條卡其布的短褲，兩個口袋鼓鼓的，裝滿了各式各樣的撈什子，裡面還有一把牛角柄的小刀。

阿吉兒是個孤兒，愛拉的遠房表弟。他進來以後，滿臉羞慚地碰碰她的腳向她行禮。

「你不跟你亞丁哥哥也行個禮嗎？」愛拉告誡道。

阿吉兒別轉身來不對亞丁看，也不答話。亞丁笑著拍拍阿吉兒的肩膀。「做得對！」他說。「你如果必須低頭，那麼，只該來崇拜一個神道。」

「別去聽他，阿吉兒，」愛拉道，「你要講什麼話講好了。」

「明天是母親的忌日。」

「一點兒不錯。你要請什麼人來參加紀念儀式嗎？」

「不。」

「那麼你要些什麼呢？」

「我要三天不上學。」

「你告了假做什麼呢？」

「我要做一個兔子箱。」

「你一隻兔子也沒有了，做了箱子幹嗎？」

亞丁一邊笑，一邊插嘴道：「兔子可以來幻想的。重要的是做這個箱子。」

「好吧，阿吉兒，我就准你告假三天。」愛拉說。

阿吉兒不再說什麼話，一轉身便跑出了房門。

「我簡直沒有辦法來馴服他，」亞丁說：「有一個第三者把我們隔開著。可是隨它去吧。現在你來解釋給我聽。你爲什麼總是離得我遠遠的？」

「你怎麼記不得那一件最簡單的事情呢——我不是比你老嗎？」

「因爲我忘不掉那一件最簡單的事情：你二十八歲，我比二十八歲大幾個月。」

「我的二十八歲，比你的二十八歲，要大得多呢。在你的年齡，青春之燈的全部燈芯都燃得很亮。你的窗子外邊依然展開著許多未曾實現和意想不到的希望。」

「愛麗，你不了解我，完全是因爲你不願了解我。不要盡說我生命中那個未曾實現的東西還沒有來到。它已經來到了——就是你。可是依舊未曾實現。我是不是要永遠開著窗子等待呢？虛空中只聽得我的心的呼號，『我要你，只要你！』可是得不到一點兒回音。」

「啊，你這個忘恩負義的傢伙！你怎麼能說你得不到一點兒回音呢？我也要你、你、你！世界上我再沒有更想要的東西了。可惜我們相見得太遲了，不可能再稱心如意地繼續下去。」

「咦，繼續下去達到美滿的結合有什麼不好呢？」

「當然，我的生命因此可以獲得滿足，可是這件事太渺小了！你跟別人不同，你比他們不知要高出多少倍。只因爲我站得遠遠的，所以我看得見你這種神奇偉大。我連想也不敢想，單怕我的卑微的身體會纏住了你，拿你拖進一個小家庭裡，把一切瑣碎全放在你身上。也許有不少女人硬得起心腸，把她們生命中計算不清的大事小事壓得你透不過氣來。

我知道許多許多這類的女人所造成的悲劇——且看森林中有多少大樹，只因爲被藤蘿糾纏住了，連長也長不起來——彷彿她們的擁抱可以滿足一切。」

「愛麗！只有那個受到擁抱的人，才能說它是不是可以滿足一切。」

「我不願去生活在一個虛幻的天堂裡。我了解你，恩陀，比你自己更了解。你闖進了我愛情的小籠子裡，不久就會想要舒展你的翅膀。我所能貢獻給你的滿足非常有限，你一定會苦悶得要死。那時你就會明白我這個人根本一無可取。我因此放棄了我個人在你身上的一切需求，把你完完全全呈繳在我們國家的神龕面前。在那兒，你的天才便可以盡量發展了。」

亞丁的眼睛裡冒著火。他站起身來，在屋子裡踱來又踱去。到後來，站停在愛拉面前，他說：「現在我應當直截爽快跟你談一談了。我要問你，你究竟有什麼權柄，可以拿我送給國家，或是別的什麼人？你自己能給我的該會是一件美麗的東西——叫它做貢獻也好，叫它做恩典也好，隨你的便——我又會順著你的心意來到你跟前：你容許驕傲，我便高視闊步；你喜歡謙虛，我就卑躬屈膝。可是你吝嗇得送了一件毫無價值的禮物給我。你有的是女人的光榮，你丟在旁邊不給我，卻把國家來放在我手裡！你這樣做是不行的，絕對不行——誰也不行。國家不能讓人這般地拿在手裡去私相授受。」

愛拉的自信心受到了這樣的打擊，不禁縮作一團。「你在講些什麼？」她細聲細氣地說。

「我在說那個以女人爲中心的甜蜜和光明的王國，外表上看來也許很小，可是它裡面的深度卻不可限量。這絕對不是一個籠子。你所分派給我的那個叫做國家的東西——它壓根兒是你們那個小團體自己製造出來的一個國家——不管人家當它做什麼，對於我倒確實是一個籠子。我一切天生的力量在它裡面完全沒有發展的餘地；它們越來越不健康、越來越乖僻了。我對我自己在幹著的事情感到羞恥，可是我的去路全給堵住了。我有責任，也有能力，在我自己眞正的崗位上，去爲我的國家服務。你卻使我把它忘懷了。」

「我用什麼法子使你把它忘懷的呢？」

「我要一千遍、一萬遍地對你說，你能使我忘懷一切，就只不能使我忘懷你自己；如果不是這樣的話，我簡直要不相信我自己是個男子漢了。」

「那麼，爲什麼又要責怪我呢！」

「你使我忘懷了我自己以後，你就該把我帶進你自己的王國裡，你自己的世界裡。可是你卻做了你那個小團體的應聲蟲，指給了我『那條唯一的道路！』我於是儘在你那條水泥路上來來去去趕我的公務，我整個的生命的潮流也就攪成了泥漿。」

「公務？」

「不錯，就是去拖拉那輛『大神車』③。根據我們最高顧問的命令，我們全部的任務便是閉著眼睛，抓緊了一根粗繩子用力去拖拉。成千上萬的孩子都來抓住那些繩子。有些在車輪下輾死了，有些終身變成了瘸子。於是又來了個命令，叫我們向後轉。這輛車子便回頭走了。可是斷掉的骨頭不再能接上，那些瘸子也被推到大路邊的土堆裡去。『獨立思考』一開始就讓他們打得昏厥過去。那些孩子便大搖大擺地走來，甘心願意被塑成一個個傀儡。當老師在後面牽著線，大家按照同一個拍子跳起舞來的時候，他們沒有一個不欽佩自己的表現。『眞是婆克謫（權威）的舞蹈呀！』——他們想。可是，老師只要鬆一鬆手，成千上萬的傀儡孩子便跟不上來了。」

「這是那些孩子自己不好，他們不按照拍子，竟想用他們自己的步伐來跳舞。」

「他們一開始就應當知道，活人絕不能長時期作傀儡。忽略了一個人的本性，硬叫他作傀儡是愚蠢的舉動。你當初如果尊重了我自己的個性，你就絕不會把我拖進你的團體，而要把我拖進你的心坎了！」

「爲什麼，咳，爲什麼，恩陀，你開頭不立刻把我趕走呢？爲什麼你要讓我把你害成這種樣子呢？」

「我一直就想跟你說明這一點。我希求的是同你結合——一個極簡單的慾望，一個最難控制的慾望。我發現平常的道路走不通。我只得不顧死活，拚著一條老命來走邪路。我現在已經明白，這條路會把我引到我的死路上去。但等有一天那個眞正的我死去以後，你便會日日夜夜張升了手臂，懇求我回到你那個同樣死寂和空虛的懷抱中來……我知道，我說話像一個獃子，一個浪漫主義的獃子。彷彿得到了一個沒有身體、沒有實質的陰影，就得到了一切。彷彿我們將來分離以後你所受的痛苦，可以來補償我們現在這個摧殘了的結合！」

「恩陀，你現在被言辭迷醉了！」

「我現在被言辭迷醉了嗎？我是一向受著它的蠱惑的。你這個亞丁素來就是這樣一個咬文嚼字的傢伙！可是我已經不再希望你有一天會看到他的眞面目了——現在你已經把他做成了你那個寶貝團體所發起的那種遊戲裡面的一只棋子了。」

愛拉從她椅子裡滑到地上，把她的頭擱在亞丁的腳上。亞丁將她扶了起來，坐在他身邊，他接下去說：「我在我腦子裡，用言辭來裝飾你這個苗條婀娜的身體——我的歡樂和我的悲傷合在一起——我用了千千萬萬種名字來稱呼你！我被圍困在一種無形的氣氛裡，一種言辭所造成的氣氛裡——它們從文學的樂園裡下降到人間，把我從群衆中救出來。我始終是超然的，這一點你的老師也知道。那麼，他爲什麼還要信任我呢，我眞不懂！」

「他信任你，就是爲了這一點。要同群衆結合，你得下來走到群衆中去。可是你沒有法子下來。我也就是爲了這個原故信任你。從來沒有一個女人像這種樣子信任一個男人。如果你是一個平常的男人，那麼，我就得像一個平常的女人一般，見了你害怕。可是跟你在一起，從來不會有什麼怕懼。」

「這種的沒有怕懼，千萬要不得！你如果不怕他，你便不能了解他。你叫我提起勇氣來，不顧死活地爭取我們的國家，爲什麼不叫我爭取你光榮的自身呢？咳，我早先爲什麼沒有不顧死活地把你搶走呢，那時候還來得及！良好的教養嗎？可是愛情是野蠻的。這種野蠻的勁道該能拔除一切天大的障礙。這是一股狂暴的洪流，不是一個聽話的水龍頭——」

愛拉忽然站起身來。「來，亞丁，」她說，「讓我們到樓下那個屋子裡去。」

「害怕了！」亞丁一邊嚷，一邊也站了起來。「你到底也害怕了！那麼，勝利屬於我了。我身體裡面是一個男人，一個急躁的蠻子。我如果沒有喪失掉我的機會，我一定會緊緊地將你擁抱，擁抱得你渾身筋骨痠痛；我一定不給你時間去考慮——也不留給你一口氣來提出反對；我一定毫無憐憫地把你一路拖進我自己的城堡！但是我實際來到的那條路，狹窄得像刀鋒一般，沒有地方讓兩個人肩並肩地去走——」

「啊，我的蠻子呀！你用不到來掄我的——拿去吧，拿去吧，拿去吧！」愛拉提高了嗓子說。她張開了臂膀衝進他懷裡，又仰起了頭等著他。她忽然又退縮了。她打窗子裡瞥見了底下的街道。「啊，瞧！」她打了一個寒噤，輕輕地說。「他在那兒！」

「誰？哪兒？」亞丁問。

「在那兒，路角上。是巴陀。他一定在到我這兒來。我看見了這個討厭的傢伙，渾身會感到難受——他身上好像有一種肉臭、一種油膩。他眼睛裡的表情，隔著一段路也會侮辱我。」

「別去管他，愛拉。你根本何必去把他放在心上呢？」

「我沒有法子，我見了他怕極了。也不是爲了我一個人——多半是爲了你，因爲我知道他妒忌你，蛇尾巴已經蹺了起來，準備甩過來了。」

「這些畜生全沒有膽量，愛拉。只有一股臭味。這傢伙其實見我很害怕；並不是以爲我會搞他一手，他只是感覺到我跟他的類型不同。」

「恩陀，我曾經幻想過一切可能降落到我身上來的磨難和痛苦，我每一樣都能忍受，就是不願倒了什麼霉去落在這個人的手掌中間。我情願死在裡頭，什麼樣的死都可以。」愛拉抓緊了亞丁的胳膊，似乎危險就在眼前，需要他趕快拯救。「聽！他來了，他在上樓了。」

亞丁走到樓梯邊，高聲說道：「別上來，巴陀。我們到樓下的起坐間裡去。愛拉姊妹現在在穿衣服。」

「我只要跟她講一句話。」

「她對我說，她還沒穿好衣服，不要人到她房裡去。」

「除了你——？」

「除了我。」

巴陀冷笑了一聲。「我們這些老孩子，」他說，「做人一直遵循著普通的文範。你這個新來的傢伙，跨了一步就想越規破格！例外的待遇是一種油滑的東西，我得警告你，它不會一直讓你抓在手裡。」巴陀說了這句話，便急匆匆地走下樓去。

隔了一忽，阿吉兒走上樓來，一隻手揮著一把鋸子，另外一隻手對著他伸過來。「一封信，」他說：「他叫我交在你自己手裡。」

「誰叫你？」

「我不認識他。」阿吉兒交出了那封信便走掉了。

亞丁拆開信封，只見裡面有一張紅紙字條——這是一個危險的信號。上面寫的是密碼。他把它翻成了普通的語言：「別再耽在愛拉家裡。立刻出來，不要跟她講。」

亞丁的自尊心不容他去忽視這個他所承認的權威所發出的命令。他遵照著規章，把那張字條扯得粉碎。他躊躇了一下，接著便跨快步走出屋子，又蹤身一躍，跳上了正在他前面經過的一輛電車。

註

①愛麗 Alie 是愛拉 Ela 的愛稱。

②恩陀 Ontu 是亞丁 Atin 的小名。

③Juggernaut Car，訖里史那神車；印度神話：每年例節用車載此神像遊行，迷信者相傳若能給該車輾死即可升天。

第三章

這些偷懶、任性、不時遮住你的眼睛，你經常用你靈巧的手指把它們撂在一邊的頭髮；你眼睛裡的倦意，你嘴唇上的深情；還有那逐漸黯淡、終於要遁入虛無縹緲中去的光輝。我看見的這一切東西全是眞理，奇蹟一般的眞理。

這兒長滿了大小的樹木、粗細的藤蘿，眞是一片蔥蘢：淺綠的、深綠的、黃綠的、褐綠的枝葉互相推擁著。樹蔭下一池清水，池邊有一條迂迴曲折的村道，深深地刻上了許多車輪的印子。村道兩旁長著仙人掌、芋薯，以及花朵盛開的野生灌木。不時又有一道用了活的樹幹搭成的柵欄。從它們的罅隙中間，可以瞥見各處的田野；圍著土隴的耕田裡，新秧正在透出水面。往前再走上一程，只見遍地荊棘，草莽中有一所久已荒棄的一百五十年老的屋子。一般人都認爲這是一所凶宅，有一個弒母的惡鬼經常在裡面出入。這所屋子的現存繼承人，從來沒有一個膽敢去同那位來去無形的佔有者爭奪主權。我們要講到的是這所傾圮的屋子裡的一間「經堂」——這個房間當年是專給家人去供奉神道和舉行宗教儀式用的。

將近黃昏的時候，老喀乃依・古普太走進了亞丁這個潛伏的巢窟。亞丁看到他，嚇了一大跳，因為他萬想不到喀乃依竟然會知道他這個地方。「你來了。」他結結巴巴地說。

「我是來作間諜的。」喀乃依答道。

「別講笑話。」亞丁說，他給他弄得莫名其妙。

「這不是什麼笑話。當時我的茶館惡星高照，區區便只得另尋生路。可是當局的惡毒的眼睛到處跟隨著我，一步也不肯放鬆。到後來實在沒有辦法，我只得報名去參加了他們的間諜組織。對於我們這些除了進火葬場無路可走的人，這一條確實是四通八達的陽關大道。」

「原來你現在不賣茶，賣消息了。」

「這個職使不能靠著揑造的消息來敷衍塞責。你得供給眞價實貨。不過我要等到野獸已經掉進了羅網，才把繩子抽一抽緊。譬如說關於你那個哈崙，他們得到了百分之九十九的材料，我於是把那無關緊要的、餘下的一分添了上去。他現在已經安頓在查爾派古利的政府休養所裡了。」

「這一次大概輪到我了吧？」

「差不多了。這次大部分是巴陀促成的。還有一點兒材料留在我手裡，也許可以讓你延一下期。你記得在你以前住的地方丟掉的那本日記簿嗎？」

「記得嗎？我想我不該會忘記吧！」

「它早晚一定會落在警察手裡，所以我只得把它偷走。」

「原來是你！」

「是呀，上天不負有心人。那天我走進屋子，你正好在記日記。我找了一個什麼藉口，把你差開了五分鐘。那一點兒時間我儘夠了。」

「你把它完全看過了！」亞丁顯出一種絕望的神情嚷道。

「我當然看過了。害我一直看到半夜一點鐘呢。我敢說我以前一向不曉得孟加拉語言會有這種的力量和風韻。這本日記簿裡的確有不少祕密，可是它們並沒有提到英國政府。」

「你這樣做，對不對？」

「我做得簡直對極了！你有文學天才，你雖然並不稱名道姓，也不詳細說明，可是你那些火熾的文字處處顯露著你的失望和怨恨。如果這些文字是一個爭寵求榮的政府人員筆下寫出來的，他一定馬上會加官晉爵。如果不是巴陀有意在陷害你，這個文件也許能叫當局對你完全轉換一種目光。我當眞感覺到印陀羅那德兄弟把你拖進了他的小團體，的確是奪去了國家一個有用的人才。」

「團體裡曉得不曉得你最近的職使？」

「他們一個也不曉得。」

「連老師也不曉得嗎？」

「他很聰明，也許看出了一些苗頭。可是他沒有問我，我也沒有告訴他。」

「那麼，你為什麼要告訴我呢？」

「奇怪的地方就在這兒。那些靠著猜疑吃飯的人，如果找不到一個人講句知心話，他準會悶死。我不是個傻瓜，也不是個多情善感的人，所以我不寫日記。如果我也有一本日記簿，那再沒有比把它交在你手裡更能使我心神暢快的了。」

「你對老師也不講知心話的嗎？」

「你只能對他做報告，不能拿你的心去挖出來給他看。我可以說是印陀羅那德的最高顧問，可是他在乎些什麼事情，我並不完全知道。有些事情我連猜都不敢猜。我一向認爲印陀羅那德要去掉一個自己人裡面的奸細的時候，他總設法把他去埋葬在警察局的垃圾堆裡。這也許是一種出賣，但並不是一種罪惡。我警告你，你萬一有一天在手上發現手銬，那不是我的工作就是他的工作——總而言之，我希望你不要以爲是我們的惡意！你遷移到這兒來的消息，最初是巴陀偷偷地向社會治安科透露的口風。所以我不得不更進一步，供給他們一張實地的照片。

「現在來談談正經。我只能給你二十四小時時間，趕快出走。過了時候，你如果依舊在這兒，我自己就得送你上警察局去。我已經把怎樣去到你目的地的方法，替你詳詳細細寫下來了。那密碼你是認識的。記住了一切的指示，就把這張紙撕掉。這兒還有一張那個地方的簡單地圖。路的這一邊就是你住的房間——它在學校的一個角上。路對面是警察局。負責的警察頭目是我的一個什麼姪孫，他的名字叫做賴訶比爾。我喚他做賴哈伯——毒魚。你的職位是孟加拉文教師。這個賴哈伯不時會過來，搜查你的東西；他也許還要叫你挨一兩下他手裡的棍子。你都得忍氣吞聲地接受。他的家裡世代住在鄉村裡，這傢伙看不起孟加拉人，用著他那種外國話罵出來的句子眞不好聽。你千萬不要回嘴，死也不要想法子回來。我把我的腳踏車留在外邊。你一聽到信號，立刻跨上車子就走。好吧，孩子，來一個最後的擁抱。」

他們擁抱了一下，喀乃依便不見了。

亞丁坐在那兒默想，把心裡一切的念頭反覆了一遍。他生命的戲劇的最後一幕，沒到時候已經上場了；不久，幕幃便要降下，燈火全要熄滅。他在大天白亮中跨上他的征途，從此便走了老遠老遠一段路程。命運的女神在拐彎的地方使他看到了一個美女的妙相，可是這美女並不屬於人間。歷史的靈感在他心裡蠢動，害得他像但丁一般，叫自己跳進了政治叛變的漩渦。可是這裡面有些什麼眞理、勇敢、光榮呢？這個運動一步步被拖進蒙面盜劫和凶殺的泥坑，這泥坑裡決不會閃射出什麼光芒來渲染歷史的篇幅。亞丁那些天賦的才能完全喪失乾淨，他看到前途除了自身的必然毀滅，決不再會有什麼輝煌的成果了。失敗也有它的價值，但並不是那種帶來一大串可怕的地下活動的靈魂的失敗；沒有意義，沒有終了……

天色黯澹下來了。蟬在院子裡尖聲喊叫。遠處的車輪發著痛苦掙扎的呻吟。

突然間，愛拉走進他屋子裡來；她的腳步急促，神色倉皇，如同一個正在向著深淵裡蹤下去的自殺者一般。亞丁正好跳起身來，她便倒進他的懷裡，嗚咽著說，「恩陀，恩陀，我實在忍不住，不能不來看你了！」

亞丁輕輕地拿開了她的手膀，把她放在他前面，靜靜地對著她淚痕斑斑的臉蛋看，他一邊說，「你可知道你幹下了什麼事，愛麗？」

「我不知道──我幹了些什麼，自己也不知道。」

「可是你怎麼會知道我在這個地方？」

「你並沒有告訴我呀。」愛拉說，她的聲音裡帶著千嗔萬怨。
「那個告訴你的人並不懷什麼好意。」
「這個我也曉得；可是空空洞洞地生活著，完全不知道怎麼樣能找得到你，這種日子實在過不下去，所以我也不管人家是好意惡意了。啊，我有多少天沒看見你了！」
「愛麗，你眞妙！」
「你這個人才眞妙呢，恩陀。你這樣容易就服從了命令不再來看我！」
「全是我那驕傲的癖性。無限的相思日日夜夜煎熬著我，可是我不肯服輸。他們都認爲我這個人多情善感；他們確定我經受到考驗便會顯現原形！他們沒有能力懂得我的感情中間潛伏著我的力量。」
「老師懂得，恩陀。」

「可是，愛麗，你到這兒來是破壞了規章。」

「我曉得，恩陀。我承認是我的軟弱。可是這並不是爲著我一個人的需要，同時也是爲著你的需要。我的心每天對我說，你在召喚我。不來響應你的召喚，會叫我自己悶死。告訴我，恩陀，我來了你快活不快活？」

「我快活得受處罰也不怕了！」

愛拉在屋子裡看了一圈。一條毯子鋪在地上，上面蓋著一張蓆，作爲臥床。一個裝滿了書本的帆布袋代表枕頭。一只木箱暫時充當書桌。牆角上有一只水罈，上面放著個土罐當做蓋子。一只破筐子裡面盛著一球香蕉，還有一只搪瓷杯子，難得有茶喝的時候拿來當茶杯，上面的搪瓷有許多地方已經脫落了。屋子另外一頭有一只大木櫃，上面有一座泥塑的象頭神誐尼沙①的偶像。在這間屋子的停滯不動的空氣裡，到處瀰漫著潮濕的霉臭。

她一時簡直不能相信亞丁會受到如此的劫數，竟然要居住在這樣鄙陋和骯髒的環境裡面。

亞丁頓時笑了起來。「你看到了我這許多財富，」他說，「似乎十分詫異。我們必須完全機動靈活。我們萬一要逃奔的時候，決不能讓人或物來羈住我們的步子。這兒過去不多路是黃蔴廠工人的宿舍。他們都稱我做『老闆先生』。他們收到了信，我替他們看；他們回信，我替他們寫信封；他們有人欠欠人的地方，我替他們清算料理。他們時常送牛奶、水果、蔬菜給我。」

「那一邊的大箱子是誰的，恩陀？」

「一個人如果單獨住在這種地方，太惹人注意；我因此讓一個受到命運播弄、流浪街頭的瑪瓦里商人搬來同住。他已經是第三次宣告破產，刑滿釋放了。我簡直相信破產是他主要的事業。他把這一間破爛的經堂當作是訓練他姪兒的學校。他們每天吃過了烤麥餅早飯便來到這兒。他們爲村中的婦女們染低廉的衣料，賺到的錢一部分付借來的資本的利息，再撥還一些本錢。那邊你看見的幾個大罈子，不是用來做酒席，而是用來燒顏料的。染好的衣料放在那個箱子裡，箱子裡還盛著一些廠工的妻子們適用的廉價飾物——玻璃環鐲、黃銅環鐲、木梳、小鏡子。他們下午三點鐘出去，第二天早晨回來。那時候，我跟那個鬼就在這兒看管門戶。」

「你還要在這兒耽多久？」

「二十四個小時，我想。」

「你以後住在什麼地方？」

「那可不能講。」

愛拉已經把帆布袋裡的書本拿了出來。它們大部分是英文和孟加拉文的詩歌。

「這些時候我一直把這幾本書帶在身邊，」亞丁說，「這樣，我可以不至於完全忘掉我的種姓。我原先的住所便是在它們所創造的夢鄉裡面；你如果翻看一下，你可以發見我在那些大道小徑上都用鉛筆畫著記號。可是我今天住在什麼地方呢？你對周圍看一看。」

愛拉伏倒在地上，拖住了亞丁的腳。「寬恕我，恩陀，寬恕我。」她哭著道。

「我有什麼事情要來寬恕你，愛麗？萬一當眞有一個天帝，萬一他當眞是大慈大悲的，但願他能寬恕我。」

「我當初並不了解你是怎樣的一個人，竟把你害到了這步田地。」

「這是我自己荒蕩的性格，把我帶到了這個我不該來的地方，」亞丁顯著一臉的苦笑說。「爲什麼連這一點兒知識都不承認我有呢？我不會有興趣讓你把我看作一個需要著你保護的小孩兒。你不如從你高高的位置上走下來；正視著我的臉說，『來吧，我的情人，快來坐在我的身旁，坐在我爲你鋪開的我一半的沙麗上面。』」

「我也許會這樣講的，可是你這種瘋狂的模樣又是爲什麼呢？」

「你竟然敢說是你那兩枝蓮花梗一般的手臂將我拉到了這條路上，叫我又怎麼能不光火呢？」

「我講了眞話，你爲什麼要生我的氣呢？」
「你說這是眞話！那是我自己心裡迫切的需要把我扔給你的——你不過是一個被動的東西。」
「啊，天哪，恩陀，別講這種瘋話了。我把你從你自己的生活方式中拖了出來，把你從你正常的生活中連根拔起，我再也不會寬恕我自己。只因爲我自己走錯了路，爲什麼也要叫你走錯呢？你爲什麼甘願墮落，不去自己謀生呢？」
「我如果不肯接受痛苦，你早就離開了我，永遠也不會了解我多麼愛你了。你可不要又把這個曲解作是對國家的愛呀。」
「跟我們的國家，當眞一點兒關係也沒有嗎？」
「所有我爲我國家做的事情，全是爲你做的。我接受了個機會，爲你去拚死。你忘了這一點，卻口口聲聲惋惜著我失去了的謀生之路——你眞是個不可教誨的管家婆！」

「是的，我們娘兒們最怕沒飯吃、沒衣穿。求你依我一件事。我繼承了我父親的屋子，我積蓄了些錢。我懇求你讓我分一部分給你。我知道你的生活非常困難。」

「我如果當眞這般地困難，不知有多少辦法可想呢：從寫文章、教書、做長工，一直到倒垃圾。」

「我承認，恩陀，我所有的錢財應當用在我的國家身上。可是掙錢的路子是不讓我們女人去走的；所以我們必須積蓄。我們藏放著的一點兒錢不單是爲著我們生活上的需要，同時也爲著我們愛情上的需要。啊，但願我能說得使你相信，我所有的一切全是你的！」

「在這個上面，你是永遠也不會說得叫我相信的了。那唯一件我可以毫不猶豫地向你要求的禮物，你卻藏在你誓言的柵欄後面不給我。

「那一天，你忙著在計算那拉耶尼學校的帳目。我進來倒在你身旁的椅子裡，心頭積滿了創傷，好像一只風箏，受盡了狂風的摧殘，掉落在塵土中間。我來的時候早就喪了膽。你看也不對我看。我一直眼巴巴地望著你，心中存著萬一的希望，只求你高抬貴手，將你那花瓣一般的手指來醫治我身心的苦痛。可是你絲毫沒有掀動你憐憫的心腸。小氣鬼呀，你連這一點點東西都不肯給我！」

愛拉的眼眶裡充滿了淚水。「你這個人實在沒有辦法，恩陀，」她掄著他說。「你爲什麼一定要等我來理睬你呢？你爲什麼不把我的帳簿奪掉呢？你不懂你那樣羞怯也會害得我羞怯嗎？」

她把亞丁的頭摟在懷裡，又把自己的頭偎著他的頭，一邊用手指輕輕地撫弄著他的頭髮。

隔了一會，亞丁抬起頭來，坐直了身子。他捏住了愛拉的手說：「當初我們在摩加美碼頭的渡輪上，我沒有懂得這不過是『命運老祖母一打我身邊經過的時候，惡作劇地扯了扯我的耳朵。我的腦子裡便從此憑著我的記憶去建造起一座座空中樓閣……』

「我的僕人早已把我的笨重的行李推在下層的甲板上，送到火車站去。我的房艙裡只剩下一隻手提皮箱。我正在找尋挑夫來搬運。你假癡假呆地走上前來。『等著挑夫嗎？』你問，你連笑也不笑。『爲什麼等呢？我來幫你拿這個皮箱。』我來不及開口拒絕，你卻已經把箱子提在手裡。後來你好像看到了我那副窘相，有些後悔，於是接下去道：『如果你覺得不好意思，我來告訴你怎麼辦。我的箱子在那面甲板上。你可以幫我拿。這樣一來，我不該你，你也不欠我了。』我除了依從你，沒有旁的辦法。你的箱子比我的箱子要重上七倍呢！我兩隻手替換著拿。一路跌跌撞撞來到火車站，好不容易才把它送上了三等車廂。我弄得渾身大汗，氣急喘喘；你的眼睛裡卻露著狡獪的微笑。你裝出那種一本正經的模樣，心裡也許不無一絲憐惜的意思，可是你不肯透露出來；因爲你已經自己負起了責任，準備把我造成一個人了！」

「啊，別講了，請你別講了！想起了當時我那種情形，多麼愚蠢、多麼可笑，我心裡實在慚愧。我奇怪你怎麼能容忍得下我這樣的人。」

「那天你頭上頂著幻覺的光輪來到我跟前。太陽正在下山。薄翳的天空散滿著神異的光彩——這種光，我們的娘兒們都喚做『看新娘的光』。

靜靜地流著的恆河，反射過去，像是一面鏡子。你那苗條、柔軟的身軀，後面襯托著這樣的燦爛的背景，永遠像一幅圖畫般留存在我腦子裡。後來怎麼樣呢？我聽得你的召喚。可是它把我引到了什麼地方呢？那地方跟你離得很遠、很遠。你甚至不知道有多麼遠。」

「你為什麼不早對我講，恩陀？」

「我得服從那些誡條。不僅如此。把一切都對你講了又有什麼用處呢？天快黑了，愛麗。挨近我些。這些偷懶、任性、不時遮住你的眼睛，你經常用你靈巧的手指把它們撂在一邊的頭髮；這種輕飄地披在你肩上，一端用簪子插在頭髮上裹著你後腦的、黑邊的繭綢沙麗；你眼睛裡的倦意，你嘴唇上的深情；還有那逐漸黯淡、終於要遁入虛無縹緲中去的光輝。我看見的這一切東西全是真理，奇蹟一般的真理。」

「你在講些什麼話，恩陀？」

「大半是想像。這使我記起你當時怎樣地要我到勞動人民中間去生活。你大概是有意要拿我出身的驕傲去踩在泥土裡。你這個偉大的計畫使我感到十分有趣。我於是興高采烈地參加了『民生的野餐』。我從一個牛棚到另一個牛棚，跟那些運貨車夫一塊兒去廝混。他們之中有幾個我稱做兄弟、有幾個我稱做伯叔。可是他們看得跟我一樣清楚，這種親密的關係完全不能持久。當然，有許多得天獨厚的人，用什麼樂器就可以吹什麼調子。但是我們模仿起來，總是不能合拍，叫人聽著難受。」

「不過，恩陀，我還是不能了解，你當初發現了你的錯誤，爲什麼不打這條你不該走的道路上立刻轉回頭去。」

「我在走上這條道路以前，有許多事情我完全不曉得，有許多事情我連想也沒有想到。後來我便一個又一個地認識了那些孩子——要不是他們年紀比我輕得太多，我準會向他們接足頂禮呢！啊，他們還有什麼東西沒有看到過、什麼艱難沒有經歷過、什麼侮辱沒有忍受過……全部的事實，永遠也不會有人曉得。眼見到這一切，簡直使我痛苦得發了瘋。我曾經多少次對我自己賭咒：我決計不被恐懼和痛苦所征服；我決計把我的頭顱去碰撞那座沒有心肝的石牆，碰死了也至多冷笑一聲，根本不把那牆壁放在眼裡。」

「你現在已經改變了你的主意了嗎？」

「聽著。一個公開向一個比他更強大的仇敵去鬥爭的人，即使絕對沒有勝利的希望，跟他的對方是處在同一等級的；他的名譽不會受到沾污。我當初以爲自己至少可以獲得這樣的光榮。可是，一天天過去，我親眼看到，甚至那些最爲自命不凡的孩子，也開始喪失他們的丈夫氣概。還有比這個更大的損失嗎？我知道他們一定只會笑我，也許跟我生氣，可是我不得不對他們說，天底下最大的失敗，便是讓自己去降落到那個幹壞事人的水平。我們應當在被打倒以前，在被殺死以前，證明我們是些比我們敵人更偉大的人——否則跟那些比我們不知要強大多少的力量去搏鬥，又有什麼意義呢？他們之中，有幾個懂得我的話，可是太少了。」

「你爲什麼到了那個時候，還不離開他們呢？」

「我怎麼能離開呢？罪刑的羅網已經在一步步對他們收緊。他們每一件工作都是當著我的面幹的。每一件傷心的經驗都使我發生跟他們同樣的感觸。不過，無論我心裡多麼難受，無論我對這個運動多麼怨恨，我可決不能在他們最危險的當兒遺棄他們。我已經明白了一件事情。用著殘暴的手段去對抗一種抵敵不住的力量，結果只會使你自己的靈魂變成殘暴。」

「我必須供認，恩陀，我最近也看清楚了這裡面的可怕的悲劇。我當初響應著光榮的號召，參加了這個組織，可是它卻越來越使我籠罩在羞恥裡面了。你說，我們現在能有什麼辦法呢？」

「每一個男人和每一個女人都受到神靈的召喚，必須在正義的疆場上去參加大戰，戰死疆場便可以超升天堂。可是我們到戰地上去的道路已經截斷了。我們現在只得去收割我們前世恩怨的果實，到死爲止。」

「我了解你，恩陀，可是你講到我們愛國運動的時候，言語裡那種譏刺的口吻，眞使我心裡難過。」

「我今天要第一次來向你供認：我並不是一個你所說的那種愛國分子。凡是抱著一片愛國心而不再有更高的信仰的人，他們的愛國心便好比是用來當作過河渡船的鱷魚的背脊。卑鄙、不忠實、互相猜忌、陰謀詭計、爭奪領導權——這些東西遲早會把它拖進河底的泥漿裡。殺害了國家的靈魂去拯救國家的生命，這是全世界的國家主義者貓哭狗叫地在宣傳著的荒謬絕倫的學說。我恨不得起來對它作有力的反抗。也許我能說出許多有眞知灼見的話、許多可以千古不朽的話。但是我此生不再有這種權利了。因此我心頭的苦痛，有時變得非常殘酷。」

「趕快回頭吧，恩陀，回頭吧。」愛拉深深地嘆了一口氣，嚷道。

「回頭的路已經截斷了。」

「爲什麼呢？」

「我即使走錯了路，也有責任要堅持到底。」

愛拉拿她的臂膀摟住了亞丁的頸項，苦苦央求他：「回頭吧，恩陀。你已經搗毀了我的信仰的基礎，我這許多年來的精神的憑藉。我現在隨著波浪飄浮，抓到的只是些斷桅破帆。趕快把我救了出來，帶著我一同回頭吧。」

「現在沒有辦法了。一枝箭可能射不中目標，但是它不可能回進箭袋。」

「我也像古代的公主一般，恩陀，拿我自己來許配給你。你把我收了吧。不能再耽擱了。讓我們一同對天起誓，作爲我們定情的盟約。你就可以把我當作你的配偶，帶著我一同上路了。」

「如果這是一條危險的道路，我一定會帶著你走。不過眞理已經摧毀，怎樣再能去訂盟起誓呢？可是這種話不必多講了。在這斷牆折桅的日子裡，也許還剩著些眞實的東西。我要聽你親口對我說。」

「叫我對你說些什麼呢？」

「對我說你愛我。」

「我對你說，我的確愛你。」

「對我說，即使我已經不再活在世上了，你也會記住我愛過你。」

愛拉的臉上淌滿了眼淚。她停了好一會才說：「你至少得在我身上拿走一些東西，恩陀。把這個項圈拿去吧。」

「絕對不可以。我決不受你的施捨。」

「那麼，隨你喜歡拿我怎麼樣，帶著我一同去就是了。」

「不要誘惑我，愛拉。我的道路不是你的道路。」

「那麼，也不是你的道路，回頭吧。」

「這不是我的道路——我可屬於這條道路所有。沒有一個人把套在他脖子上的絞索稱作裝飾品。」

「你一定得明白，恩陀，萬一你不再活在世上，我也就不想活下去了。我除了你沒有第二個人。你現在如果懷疑，那麼，我只能希望在我們死了以後，在一個什麼地方，有一個什麼辦法，使你這種懷疑永遠清除。」

亞丁突然跳起身來。遠遠地傳來了又細又尖的口笛聲，彷彿有一枝飛箭在空中穿過。

「我去了。」他說。

「別走——」愛拉兩隻手臂摟住了他哀求。

「不行。」

「你上哪兒去？」

「我不知道。」

愛拉滑到地上，依舊摟著他。「我是你的奴隸，」她嗚咽著說，「你要我做什麼我就做什麼。千萬別把我撇在後面。」

亞丁躊躇了一下，可是沒有多少時候。第二次的口笛聲又聽到了。

「讓我走！」他喊了一聲。他掙脫身子，立刻便不見了。

黃昏的天色越來越黑了。愛拉合撲地躺在地上，眼睛裡沒有一點眼淚，心也乾了；她躺了多久自己也不曉得。忽然有一道光亮把她驚醒過來。她耳朵裡聽得一個嚴肅的聲音。「愛拉！」

她駭得坐直了身子。原來是印陀羅那德，他手裡拿了個電筒。她跳起身來。「替我把亞丁找回來！」她嚷道。

「你怎麼會在這兒？」印陀羅那德簡單地說了一句。

「我知道我到這兒來是有危險的。」

「問題不在你有沒有危險，」印陀羅那德峻厲地申斥她。「誰把這個地方告訴你的？」

「巴陀。」

「你不明白他爲什麼要告訴你嗎？」

「我沒有資格明白。」

「如果値得把你弄死，我立刻就會在這兒動手。趕快回你住的地方去！外邊大路上有一輛計程汽車在那兒。」

註

①Ganesa，即歡喜天。

第四章

啊，你的千恩萬愛眞把他們灌醉了——慇懃侍奉、軟語溫存，還有不必要的關懷。我當時有我自己的妄想，可是我依然看得出，那一定是對國家存著一種純潔的、夢幻般的理想，這位姊姊才能有這般地天眞和愛國意味的表現。

「你又到這兒來了，阿吉兒，總是這樣逃學！你實在不聽話。我一再叫你這幾天不要上這兒來。你這樣下去，總有一天會遭到什麼可怕的麻煩。」

阿吉兒不回答她的話，只是放低了聲音說道：「有一個長著大鬍子的人，正好爬過後牆，跑進了花園。所以，我進房來的時候，把你的門鎖上了。聽——你可以聽到腳步聲。」他講了這一句話，馬上把他那柄摺疊式的洋刀扳了開來，又站在那兒守衛著。

「把那柄刀藏起來，啊，你這個英雄！來，給我。」愛拉說著，便把那柄刀打他手裡奪了過來。

「你用不到害怕，阿吉兒，」樓梯頭有一個聲音說。「是我，亞丁。」

愛拉的臉色頓時變成死白，她一邊嚷道，「趕快開門！」

「那個大鬍子的人在哪兒？」阿吉兒把亞丁放了進來問。

「鬍子在花園裡，人在這兒，」亞丁答道。「快去，阿吉兒，看你能不能找到那些鬍子。」

阿吉兒走出了房間，愛拉便直僵僵地站在那兒，好像變成了一塊石頭。隔了一會，她方才叫出口來：「你把你自己怎麼搞的，恩陀？你的臉色多麼難看！」

「並不十分迷人嗎？」

「原來是眞的！他們說你生過重病。」

「醫生的意見各有不同，所以不必去相信他們。」

「你一定也沒有吃過晚飯。」

「吃飯不打緊。讓我們不要浪費時間。」

「啊，你怎麼會到這兒來的，恩陀？」愛拉驚惶地抓住了亞丁的手，突然問道。「你不知道他們在追緝你嗎？」

「我不願叫他們失望。」

「爲什麼，恩陀，你要故意來冒這種危險？現在怎麼辦呢？」

「我爲什麼來，我走的以前你自會知道。目前我就是要忘掉這一件事情。現在讓我到樓下把所有的門鎖上。」

亞丁不久便回來了，他說：「好了。我把樓下的電燈泡全摘了下來。現在我們到涼台上去吧。」

他們循著螺旋形的樓梯走上屋頂的涼台。亞丁隨手關上了門，席地坐下，背心靠在門上。愛拉坐在他身邊。

「放得自在一些，愛麗，」亞丁說，「只當沒有發生過什麼事情，只當我們依然在大戰開始以前的那一章裡。怎麼，你的手冷得像冰一樣，它們還在抖呢！讓我來暖暖它們。」他把她的手捏在自己手裡，又拿來按在他的心上。他們隱約聽得老遠一個人家傳來了一陣陣新婚的音樂。

「你還在害怕嗎，愛麗？」

「怕些什麼？」

「啊，每一件事，每一分鐘。」

「我只是替你害怕，恩陀——不是爲了別的事情。」

「你且想一想，愛麗，」他捏緊了她的手，繼續說，「如果五十或一百年以後，像這同樣的一個晚上，我們依舊耽在這個地方。『現在』包圍得我們太緊了。我們所熱烈祈求的東西，讓『現在』這枝狡猾的筆訂下了高大的代價。我們白白地在哀悼著的東西，又讓它用顯影墨水註明爲『永恆的悲傷』。一切全是鬼話！『生命』，這位作僞的能手，模仿著『永恆』的筆跡；『死亡』來到便撕毀了這張贗造的文件：它臉上帶著笑——不是一種冷酷或是譏諷的笑，而是像濕婆那樣的仁慈的笑，美麗得如同經過了幻覺的夢魘，破曉時出現的那種偉大的平靜。你有沒有，愛麗，在夜深人靜的時候，感到過死亡所能給我們的自由，那種永恆的寬恕？」

「我沒有像你這般的力量，能夠看出一切事情本身的偉大的地方。可是，當我爲著替你們大家擔憂，心頭受到煎熬的時候，我也會滿懷著信心，感到死亡的舒服。」

「把死亡當作一種逃避的手段，那就太懦弱了。這是唯一一件有把握的事情，一切生命的河道都流向這個海洋，到了這兒，眞和僞的矛盾、善和惡的矛盾，便獲得了最後的解決。在今天這個晚上，在目前這個時間，我們兩個人就安息在它的廣大無限的懷抱中間。你記得易卜生那四句短詩嗎？

往上走，
走向峰頂，
走向星際，
走向廣大的沉寂。」

愛拉的兩隻手捏緊在亞丁手裡，靜靜地坐著默想。

亞丁忽然笑了一聲，說道：「瞧，我們背後，一動不動地懸掛著死神黑色的柩衣，一直伸展到大無垠中。在它面前，我們生命的舞蹈已經表演到了最後一幕。讓我把早先有的一幕戲來跟你說一說。三年前，你就在這個涼台上，慶祝我的生日——你記得嗎？」

「記得清楚極了！」

「你那班傾心侍奉你的『孩子』都在這兒。壽筵相當簡單。油氽鍋巴，煮青豆，加著胡椒和細鹽；我若是記得不錯，還有果餡煎餅。那班孩子，眼見這些佳饌，大家爭先恐後吃得一顆青豆也不剩。瑪諦拉爾忽然舉手行了個禮，開始發言：『今天亞丁兄弟新生到新時代裡——』我跳起身來按住了他的口。『你如果一定要作這種演講，』我說，『你的舊生就得在這兒結束了。』新生、新時代、死亡的門戶——一切這類陳詞濫調眞叫我頭痛！團體裡的人員盡心竭力用著他們的刷子替我塗漆，可是顏色總是沾不到我身上。」

「全是我糊塗，恩陀。這是我一個人的主意，心想替你披上一件跟我們同樣的服裝，把你也造成一個跟我們同樣的兵卒。」

「大概就是這個原故，所以你有聲有色地扮成了一個親親熱熱的姊姊。你也許以爲添上一點兒醋意，可以幫助我的改造。啊，你的千恩萬愛眞把他們灌醉了——慇懃侍奉、軟語溫存，還有不必要的關懷。我耳朵裡依然聽得見你那種甜蜜的聲調，『喲，你爲什麼臉上這樣紅，南陀拉爾？』那個可憐的羞怯的孩子，結結巴巴的，來不及老實說出他一切沒有什麼毛病，你卻已經忙做一團，拿著塊濕手巾來替他醫治理想的頭痛了。我當時有我自己的妄想，可是我依然看得出，那一定是對國家存著一種純潔的、夢幻般的理想，這位姊姊才能有這般地天眞和愛國意味的表現。」

「啊，請你不要講了，恩陀，我求求你！」

「你自己該承認，愛麗，你當時那樣的裝腔作勢，味道實在可笑。」

「我承認，我一千一萬次地承認。全靠你把我這種味道洗滌乾淨。爲什麼今天又要這般地刻薄來向我提起呢？」

「我不講會頭痛，愛麗。你那天要我寬恕你，因爲你把我從我自己的生活方式中拖了出來。可是我拋棄了我生活上一切的享受，卻取不到我應得的代價，那又怎麼說呢？我破壞了我天生的性格；可是你受了習俗的蒙蔽，連你那種違反眞理的誓言都不肯破壞——你爲著這件事良心上受到譴責，不可以說是完全沒有意義！我知道是一樣什麼東西擋住了你。你沒法叫你自己相信，我會為你癡到這種地步。」

「對的，恩陀。甚至現在，我還是不能不奇怪，我自己怎麼竟然會有那樣大的力量。」

「你怎麼會曉得呢？這不是你自己的力量，這是『大自然母親』摩耶①的魅惑。你說話的聲調有著如此的魔力，它拿火熾的音樂來燃燒我的心靈。再有你這隻手，這些手指，它們有點石成金的本領，能使每一樣不值錢的東西，眞眞假假都變成無價至寶。你的引誘力是如此龐大，害得我不顧顏面、自甘墮落，雖然我走一步要罵一聲自己。我從前只是在書本裡讀到過這種事情，可是我自信我頭腦清楚，萬想不到自己也會來親身體受。到得現在，該把這個幻覺的羅網來撕破了，所以我毫不留情地把眞話講給你聽。」

「那麼，講吧，把你肚子裡所有的話全講出來吧。不必顧憐我——我是這般地盲目、這般地愚蠢、這般地沒有心肝，從來沒有一個時候能眞心來了解你。舉世無匹的寶貝，不嫌我卑賤，張開雙臂，自己走來向我呈獻，我卻付不出代價。不可想像的財富來到我門前，我不加採納將它送走，它從此不再來了。如果我更該受些什麼刑罰，那麼，罰我吧。」

「我們不必來談刑罰。我要寬恕你，我要用死亡本身的無限量的寬恕來寬恕你。我今天到這兒來就是爲了這件事。」

「就是爲了這件事？」

「是的，單單爲了這件事。」

「你這樣當著我的面大踏步走進火坑，豈不是比了不來寬恕我更顯得殘酷嗎？我很明白你是不希望再活下去了。如果確實是這種情形，那麼，把你餘下來的日子給了我吧，讓我全心全意侍奉你到最後一天。我只求你能答應我這一點。」

「你侍奉我，對我有什麼好處呢？你將會把玉液瓊漿去傾倒在我的生命的破壺裡。你決計體會不到，那件可能已經成功的事情，怎樣地日夜在我心頭煎熬。你的侍奉能改變得了這個事實嗎？對於一個已經失去了眞理的人又有什麼用處呢？」

「你並沒有失去你的眞理，恩陀，一絲一毫沒有失去，依舊存在在你心裡。」

「我已經把它失去了。啊，失去得無法挽救了。」

「別講這種話！」

「你只要知道了我現在是怎樣的一個人，你準會從頭頂一直震顫到腳跟。」

「聽我說，恩陀，一切這些關於你自己的可怕的事情，全是你的想像。凡是你不爲你本人著想而做的事情，無論錯到什麼程度，都不會沾污你的靈魂。」

「我已經殺害了我的靈魂，這是我最大的罪惡。我始終不能爲我的國家拔除一些孽障——我只是拔除了我自己。爲了這種罪惡，罰得我當你自己向我獻身的時候，我也不能取你。用這隻手來接受你的手嗎？可是何必講這種話呢？一切的污點全會被『忘川』的水洗淨，我們現在就站在河邊。這種時候，我們還是講些輕鬆的事情來笑笑吧。讓我就把生日那天的事情講完它。好不好？」

「我怕我沒有心思來聽那種事情，恩陀。」

「我們一生中值得去記憶的正好就是這種分散在幾個輕快的日子裡的瑣瑣碎碎的事情。應當被遺忘的沉悶的日子實在太多了。大家吃過了壽筵，尼羅德忽然想起要朗誦那賓・生②的史詩。他模仿著當時有位紅演員所喜歡的腔調，高聲唸道：『爲什麼要走，啊，萬道金光的天神！回過頭來再看上一看吧，你這個白天的裝飾品——』尼羅德這個人不壞，又簡單、又直爽，可是他的記憶力好厲害！當時我只求那個宴會早些結束，他們卻偏偏又要巴比希唱一支歌曲。幸虧他一口拒絕了。因爲沒有風琴伴奏，他連嘴也張不開——你恰巧沒有這種折磨人的樂器。難關就這樣過去。現在可以結束了，我想——誰知完全不是這回事！突如其來地，薩陀開始同大家爭論一個人的週年紀念是不是應當每年在同一個月份、同一個日子。我想止住他們，可是顯然沒有效用。討論中，又尖銳刻薄地牽涉到愛國行動；聲音便提高了。說話也不好聽了。我拿你恨到了極點。原來我的生日不過是一個藉口，目的是要找一個表現愛國狂的機會。」

「你不該站在外面來批評，恩陀，哪一個是藉口和哪一個是眞正的目的。我也許應當受刑罰，可是不應當受冤枉的刑罰。難道你不記得，就在那一天，亞丁陀羅先生變成了我的恩陀嗎？現在你再來講一講你那個取小名的故事。」

「你聽著，我的朋友，我四、五歲的時候，身材很矮小，不多講話，我的眼睛裡據說還有一種傻里傻氣的表情。我父親的哥哥打鄉村裡回家來，第一次見到了我。他把我放在他的膝蓋上，笑嘻嘻地說：『是誰出的主意，拿這個小鬼叫做亞丁陀羅——偉大的印陀羅③？倒不如叫他做恩那丁陀羅④，正好相反。在修辭學上，過分的誇張慣常得到相反的效果。』——你叫我的小名，恩陀，事實上就是恩那丁陀羅的簡稱和愛稱。我來到你前面的時候是偉大的。爲了你，我把我自己切小了——」

亞丁忽然身上一楞，住了口。「是腳步聲嗎？」他一邊站起身來，一邊囁嚅地道。

「不是別人，是阿吉兒。」愛拉說。

「好姊姊！」阿吉兒在房外喊道。

「什麼事？」愛拉一邊開門，一邊問。

「你的飯菜來了。」阿吉兒聲明。

愛拉家裡不燒飯。她每日三餐都是打鄰近一家菜館裡叫來的。「來吧，恩陀，吃些東西。」她說。

「現在不要談什麼吃的東西。人不吃飯，要隔上好多時候才能餓死呢。要不然，印度土地上不會再有一個活人了。阿吉兒，好小子，別生我的氣。趕快去把我的一份飯替我吃掉；吃好了飯跑出去——立刻跑出去。」

阿吉兒哭喪著臉走了。

他們兩個人跟以前一樣坐了下來。亞丁重又開始說：「再來講那次的慶祝。當時好像永遠沒有個完日。他們一個人也不肯起身。我不斷地看著我的錶，希望那班不曉得早晚的青年能得到些暗示，可是一點兒沒有用處。最後我不得不對你說：『你該睡了吧？你的感冒才好呢。』『什麼時候了？』於是大家都問。那時候已經十點半，東一個呵欠，西一個呵欠，表明散場的時刻到了。『你還不走嗎？』巴陀尖刻地問我。『我們一同去。』『上哪兒去？』看來他要我們突然上那些清道夫的住所去訪問，看到他們喝酒便止住他們。我渾身感到憤怒。『你止住了他們喝酒然後怎麼辦呢？』我粗聲厲氣地說。『你有什麼替代的東西給他們嗎？』我發了這種無名火，結果使一班正要出去的人都站停下來。『那麼，你的意見是說——』有人開口道。『我根本沒有什麼意思！』我回喝了一聲。我接著便明白我這種脾氣發得沒有來由，頓時靜了下來，又斜著眼對你看了一看，表示向你告別。當我來到你樓下的房門口的時候，我的兩條腿再也不肯往前移動了。我忽然心生一計，拍了拍我上面的口袋道，『我一定把我的自來墨水筆掉在涼台上了。』『我去跟你拿來。』討厭透頂的巴陀自告奮勇地說，又立刻奔上樓去。我只得跟在後面，只見他角角落落都尋遍了。他一見到我，便笑了笑說：『你在自己身上找一下好不好，亞丁兄弟？也許在你哪一個口袋裡。』我明知道，若是當眞要找我那枝筆，就非得到我住的地方去發現不可。所以我只得向他直說：『我要跟愛拉姊妹講句話。』『好吧，』他毫不畏縮地答道，『我等你好了。』『啊，去你的，』我實在忍無可忍了，於是把這句話漏了出來。『你用不到這般地纏住了我！』『我走了。可是何必發這種脾氣呢？』這是他的臨別贈言。」

亞丁又住了口，側著耳朵傾聽，好像有什麼人在上樓。又是阿吉兒，他拿著一張紙條，走到涼台上來。「這封信是給亞丁哥哥的，」他說，「我叫那個人在大門外等候。」

愛拉的身子冷了半截。「是誰？」她有氣無力地問。

「帶他到起坐間裡去。」亞丁對阿吉兒說。

阿吉兒噘著嘴走了，愛拉便問，「是巴陀嗎？」

「不，不是。」

「你爲什麼不告訴我他是誰呢？我渾身感到不舒服。」

「沒有關係。我要把我在講給你聽的話講一個結束。」

「我現在實在沒有心思來聽那種話，恩陀。」

「愛麗，你必須容許我把我的故事講完。還剩下沒有幾句話了。巴陀走了以後，你便到涼台上來，身上帶著一股香氣。你特地藏著一束月下香（夜來香），準備等大家走了以後，我們兩個人在一塊兒的時候，親手送在我手裡的。這便是恩陀的新生的時刻，報喜的便是這些含羞的鮮花。亞丁陀羅先生的莊嚴、學問、邏輯，於是一步步陷入了自我遺忘的深淵。那一天，你第一次把你的手臂摟住了我的頸項說，『這是你的生日禮物。』那是我們最初的一吻。現在我來接我最後的一吻了。」

阿吉兒又一次跑來說道：「我把他鎖在那個起坐間裡。他現在在搥著房門。他說有要緊事。這樣下去，他會把門打破的。」

「不打緊，阿吉兒，」亞丁說。「我決計不讓房門傾倒，先去叫他靜下來。你用不到看守住他。你出去好了，別去管他。我會當心你的愛拉姊姊的。」

愛拉把阿吉兒拉近她的身子，在他額上吻了一下，央告他道：「可愛的阿吉兒，我的好弟弟，你當眞必須離開這兒。這些錢你拿去吧。我一直裹在我的沙麗角上，準備將來給你做壽的。現在你跟我行個禮，答應我立刻就走。」

「聽著，阿吉兒，」亞丁說。「你必須依從我的吩咐。萬一有人問你，你得老老實實對他講。就說今天晚上十一點鐘是我把你趕出門去的。現在你隨我來，讓我們照著這句話去做。」

愛拉又一次把阿吉兒拉近她的身子說：「不要為我擔心，可愛的阿吉兒。你的亞丁哥哥在我這兒，用不著害怕。」

當亞丁挽住了阿吉兒的胳臂帶著他走的時候，愛拉實在控制不住自己了，於是嚷道，「讓我陪你們一同下去！」

「你不能下去！」亞丁命令道。

愛拉獨自靠在涼台的低欄杆上，使勁忍住了胸頭擁上來的哭聲。她似乎感覺到這是她跟阿吉兒最後的一面了。

亞丁回到涼台上。「阿吉兒已經去了，」他說「我把前後門都上了插梢。」

「那個人還在起坐間裡嗎？」

「我把他也送走了。他以爲我們談上了勁，壓根兒將他那封信給忘掉了。他方才在那兒擔心，他怕又有一部《天方夜譚》⑤開始了。說是《天方夜譚》倒的確很對！這完全是一篇故事。一篇荒唐離奇的故事。你覺得害怕嗎，愛麗——你見了我不害怕嗎？」

「見了你害怕，恩陀？虧你講得出！」

「我還有什麼事幹不出來嗎？我已經墮落到我最下一層了。前幾天我們的團體把一位無依無靠的老寡婦的積蓄一古腦兒掄走了。我們的孟瑪太跟她是同鄉，又很相熟。是他來報告她有積蓄，又帶領我們前去的。他雖然蒙著臉，她卻認了出來，又求他幫忙。『瑪奴，我的孩子，你怎麼硬得起這個心腸——？』他們沒讓她再多說一句話。爲著那些我們所謂國家的需要——殺害我們自己靈魂的需要！——那位寡婦的錢就打我手裡交到了我們的總部。一部分的錢供給了我的飯食。我終於爲自己打上了竊盜的烙印——收受和使用賊贓。巴陀去告發了大盜亞丁陀羅。他又安排好明天我一定要被捕。現在，你該見我害怕，因爲我自己也害怕我死掉了的自己的冤鬼。今天一個人也不在你邊上。」

「你自己不是在這兒嗎？」

「可是誰能把你打我手裡救出來呢？」

「我不希罕打你手裡救出來。」

「你自己的那個團體已經決定——你所疼愛的那些愛國兄弟，你每逢『兄弟日』要替他們塗抹檀香膏的兄弟已經決定——你不該再活下去了。」

「我哪些地方比他們更沒有價值呢？」

「你知道的事情太多了，在嚴刑拷打之下你一定會把你所知道的事情全部講出來的。」

「決不會。」

「萬一方才來的那個人就帶來了這個命令呢？你知道我們得到了命令該怎麼辦！」

愛拉嚇得跳起身來。「眞的嗎，恩陀，確實是眞的嗎？」

「我們得到了一些消息。」

「什麼消息？」

「過了這個夜晚，一到天亮，警察便會來抓你。」

「我早想到他們總有一天要來抓我的。」

「你怎麼會想到的？」

「我昨天接到巴陀一封信，告訴我這件事，又說他能救我。」

「怎麼說？」

「他說我如果嫁給他，他就可以去要求把我交保釋放。」

亞丁的臉色變得鐵青。「你怎麼回答他？」他問。

「我單單在上面寫了二個字『魔鬼』，又把那封信退了回去。」

「不錯，我們得到的情報是巴陀要親自帶領警察上這兒來。如果他能獲得你的允諾，他就會跟老虎妥協，又好心好意地邀請你到鱷魚的洞窟裡去安身。他的心腸倒挺軟呢！」

愛拉捧住了亞丁的腳，求他道：「殺死我，恩陀，你親手來殺死我。我再不會有更快樂的收場了。」她打地上站起身來，摟住了他，一再吻他又一再要求他，「殺死我，亞丁，現在就殺死我！」她撕開了她襯衫的前胸。

亞丁直僵僵地站著，像一座石像。

「不要不好意思，」愛拉繼續道。「我不是你的嗎，完全是你的嗎，甚至死了以後也是你的嗎？你把我拿去吧。別讓他們那些骯髒的手來碰我的身體，因爲我的身體是屬於你的。」

「到床上去，」亞丁用著嚴厲的口吻命令她。「我命令你，立刻就去。」

可是，愛拉依舊摟緊了亞丁，接下去說：「恩陀，我的恩陀，我的國王，我的天神！我在今天以前，一直沒有辦法表明給你看我多麼愛你。我用這個愛來命令你——殺死我，殺死我！」

亞丁抓住了她的手，把她拖到樓下她的臥房裡。「立刻到床上去，」

他重複道，「趕快睡。」

「我不能，我睡不著。」

「我帶著有藥，它會叫你睡。」

「那有什麼用處呢，恩陀？讓我把我最後的一些知覺貢獻給你。你帶的是麻醉藥嗎？扔掉它。我不是一個弱者。讓我醒著死在你懷裡。讓我們最後的一吻永久不滅，恩陀，我的恩陀。」

遠遠地又傳來了輕微的口笛聲。

註

①Maya，即大幻天。

②那賓・生，印度詩人，後面所朗誦的詩歌是他所寫的《普拉西之戰》。

③印陀羅也譯爲因陀羅，是印度神話中的天神之王，雷雨之神，地位最顯赫，是印度最早

的大神之一，其形象通常呈天人形，坐於巨象上，以千眼莊嚴其身，頭戴寶冠，身上裝飾種種瓔珞，手持杵。在中國寺廟中多爲少年帝王像，且是男身女相。在後來的神話中，他的地位降至大梵天，在濕婆和毗濕奴之下，但仍被稱爲神王、天主。他的膚色黃裡透紅，嗜喝蘇摩酒。他還能隨意變形，成群的風神是他作戰的助手。曾殺死圍困水的巨龍弗萊多，搗毀他的九十九座城堡，釋放了水，因此有「破壞城堡者」的美稱，爲英雄或戰士之守護神。在藝術作品中，他手持金剛杵，乘戰車，弓箭、鉤或羅網也常作爲他的武器出現。因陀羅在漢譯佛經中爲「天帝」、「帝釋天」，是天上、人間的道德維護者。如果天神違反天規，他便予以懲罰；要是人間出現暴君，他會除暴安良。在佛教神話中，他最重要的職責是保護佛祖、佛法和出家人。梵名 Indra，巴利名 Inda。

④恩那丁陀羅，亞丁的全名，因爲亞丁陀羅實際上也就是印陀羅，所以在亞丁陀羅小時候人們認爲他的這個名字過於偉大，就把他的名字改成了恩那丁陀羅，也就是後來愛拉所稱的恩陀的全稱。

⑤Arabian Nights，又稱《一千零一夜》，爲阿拉伯著名長篇民間故事。書中女主角是一位皇后，她講了一千零一夜的故事，最後避免了死罪。

關於《四章書》

夜鶯又歌唱了

邵陽、吳立嵐

敬愛的讀者，當您瀏覽此譯文時，希望與我們產生共鳴。似乎感到譯者對摯友志摩的深深思念；讀到譯者對這位印度老人幽深的智慧表示的虔誠敬意；體驗到一位老婦人爲實現丈夫的遺願所做的艱辛而又漫長的努力。

爸爸（邵洵美）對泰戈爾的熱情，也許緣於比他長十一歲的徐志摩。泰戈爾一九二九年三月第二次訪華，政府機構不接待，就住在上海志摩家裡。小曼告訴媽媽（盛佩玉），爲老先生布置的房間很周到，雖是亭子間，地上鋪了厚毯，放了大墊子作靠枕，還有熏香爐和青色炭盆，放了木炭供他取暖，連牆上都掛了壁毯，完全是印度式的，爲使他感到像家裡一樣親切。可老先生到晚上執意要求睡在志摩的房間裡，這樣他睡在中國式的臥室裡，志摩與妻反倒睡在印度式的房間裡了。

媽媽在遺稿《一個女人的筆記》①回憶道：「一天洵美應志摩之邀同我一起去拜訪老人，並和他們同桌吃飯，吃的是中式自備菜，老人身材高大，灰白的大鬍子散在胸前，他穿著灰色的大袍，一頂黑色的帽子端端正正地戴在頭上，好像我看到過的大寺院中的老方丈打扮。老人態度嚴肅慈祥。只見志摩、小曼殷勤地招待他。」

有趣的是老人歸國後，志摩多次告訴爸爸，他住的福熙路上有隻夜鶯，每天夜裡就蹲在他那印度式亭子間窗邊歌唱，可以聽到大天亮。爸爸在〈夜鶯〉②一文中寫道：「志摩描寫說，『聲音越來越響亮，調門越來越新奇，情緒越來越熱烈，韻味越來越深長，像是無限的歡暢，像是豔麗的怨慕，又像是變調的悲哀……』志摩甚至說，假使在他窗口多叫了幾聲，自己就會快樂得發了瘋。」

對鳥並不感興趣的爸爸，竟然也像孩子般的著了迷，下決心一連去了志摩家兩天，晚上蹲在那印度式的亭子間裡，卻再也沒有聽到夜鶯的叫聲，好在還可以跟志摩、小曼聊天直到天亮。

爸爸懷疑志摩所聽到的不過是詩人的幻象，是夢，是他自己的詩，是對印度老人深深地思念。

志摩飛機失事後，痛失好友的爸爸再也不寫詩了，隨著時代的變遷，逐漸退去了「新月詩人」、「出版家」等桂冠，儼然成了一位「翻譯工作者」。居然秦瘦鷗對他的譯作大加讚賞，說眞正達到「信、達、雅」標準。

說起翻譯，爸爸與志摩合作的那段美好時光已經永遠流逝。記得在一九三一年他們一起辦新月書店，一起出《新月詩刊》，還擬訂了合作翻譯的計畫。先計畫邀友人一起翻譯《莎士比亞全集》，志摩先選了《羅密歐與茱麗葉》，爸爸後挑了《仲夏夜之夢》。兩人還準備合譯哈里斯（Frank Harris）的《我的生活與戀愛》。令人悲痛的是志摩先走了，爸爸立志將志摩未竟之事做完。眾所周知，志摩欽佩勇敢的女性丁玲，在《新月》上發表了《璫女士》（叮鈴璫琅是也），故事只開了一半場，他就走了。爸爸在《人言》上續編《瑙女士》，一氣連載三十期。當然爸爸更想讓志摩把泰戈爾介紹給中國的美好願望實現。

經過是這樣的，四九年印刷廠影寫版印刷機被政府收購，五一年又結束了時代書局業務，閒居在家的爸爸開始譯作。先應上海出版公司之約翻譯了馬克・吐溫的《湯姆・莎耶偵探案》和蓋斯凱爾夫人的《瑪麗白登——曼徹斯特的故事》（署名旬枚、佘貴堂）。以後又翻譯了雪萊的詩劇《釋放了的普魯米修斯》，經主動爭取，終於在他五十歲那年，五六年三月十三日收到了北京作家出版社寄來的泰戈爾三部原作——《家庭與世界》、《兩姊妹》及《四章書》。據三月十五日「翻譯隨筆」記載，爸爸當日已讀完《四章書》，說等三書「全部讀完，當寫提要與初步體會，」「覺得泰戈爾的宗教意味（哲學意味）極濃厚」。據哥哥回憶，在譯《四章書》時，遇到疑問，有次竟叫了出租車親往印度駐滬領事館找文化官員查詢。他也不知當時中印關係已驟變。結果是他譯的雪萊長詩劇《釋放了的普魯米修斯》在一九五七年八月如期由「北京作家」出版，而泰戈爾的三部作品石沉大海，毫無音訊。當然一九五八年十月爸爸被捕，冤獄三年餘，更是無法出版了。此禍是由爸爸委託葉靈鳳將信件轉寄美國友人項美麗而引起，此事已由上海市公安局一九八五年二月「平反」。

一九六二年自由了的爸爸開始爲上海出版社翻譯拜倫的長詩《青銅時代》和雪萊長詩《麥布女王》，直到他六十二歲，一九六八年五月五日逝世，未親眼見到泰戈爾的譯作出版。

媽媽深知爸爸在貧病交迫中爲譯書所付出的心血，她不能忘記爸爸爲譯書徹夜不眠的倦容，她深知一個譯者最大的痛苦在於自己心血的結晶付之東流。於是多次給二個出版社去信，爲爸爸的五部遺稿爭取出版，均無果。

年復一年的爭取與等待，忽見夏衍復出，媽媽命我們起草寫信給夏公。他的第一部翻譯作品，爸爸曾經幫助出版。信裡請他能否過問一下洵美遺作的出版問題。有意思的是，某日，在上海譯文出版社工作的姊夫方平興沖沖地告訴媽媽，他親見夏公給出版社蒯斯曛的信。信中云：「洵美先生生前曾告訴我譯有幾部著作，貴社若無意出版，請寄我，將交由北京出版。」方平又說相信夏公定會給北京亦去信。

姊夫方平教授，曾經繼續譯完爸爸被文革中止的譯作艾米莉·勃朗特的《咆哮山莊》，作爲中國莎士比亞研究會會長，也完成了志摩與爸爸的遺願，主編了《莎士比亞全集》。可惜的是他已於去年（二〇〇八）故世，這位邵洵美的女婿最後一個學術職位竟是中國魯迅文學獎評選委員會的主任。

事情果然有了好的結果。上海先後出版了《青銅時代》和《麥布女王》，北京也出版了泰戈爾的《家庭與世界》。但還有二部譯作，不知何故沒有面世。經再三要求，僅退回了《四章書》原稿。當我們見到媽媽收到郵寄來的書稿時，用顫抖的手輕輕地撫摸著它，然後戴上老花眼鏡慢慢地一頁一頁地翻閱它，不禁熱淚盈眶。八七年她從上海回南京前，鄭重地將書稿交給了我們，沒有說什麼，但從她期盼的眼神裡我們感到了《四章書》譯稿之沉重。

機會終於出現了，幫助了媽媽遺稿《一個女人的筆記》出版的江一鯉女士，在上海星巴克喝咖啡時，轉達了總編輯之意見，決定出版《四章書》譯文，我們無比欣喜。

敬愛的讀者，當您瀏覽此譯文時，希望與我們產生共鳴。似乎感到譯者對摯友志摩的深深思念；讀到譯者對這位印度老人幽深的智慧表示的虔誠敬意；體驗到一位老婦人爲實現丈夫的遺願所做的艱辛而又漫長的努力，最終在心靈相通的文友及年輕的出版界同仁的努力下，終於圓夢後的歡樂。

請聽，在那靜靜的夜晚，在上海福熙路那間印度式的亭子間窗外，夜鶯又在歡唱了！

謹以此短文，表示我們及邵洵美先生的親屬對出版者及讀者的衷心謝意！

註

①《一個女人的筆記》，副題「盛氏家族．邵洵美與我」，作者盛佩玉，編註邵陽、吳立嵐，二〇〇七年印刻出版。

②〈夜鶯〉，作者邵洵美，發表於一九二九年《金屋月刊》第十二期。

邵陽

原名邵小多，上海人，生於一九三八年六月，畢業於南京化工學院矽酸鹽專業，曾工作於建材部建材研究院、浙江湖州水泥廠、上海水泥廠等單位，任高級工程師。退休後參加公益活動並與丈夫吳立嵐一起整理母親遺稿，二〇〇四年於北京出版《盛氏家族．邵洵美與我》，二〇〇七年於台北出版《一個女人的筆記》。主編有邵洵美文學系列作品：詩集《花一般的罪惡》等，並在《世紀》、《上海灘》等雜誌上發表短文。

吳立嵐

上海人，生於一九三八年十月，畢業於浙江大學教育系，任華東師範大學心理學教授，是中國心理衛生協會青少年專業委員會第一屆、第二屆專家委員，上海市心理衛生協會首屆委員。曾以「山風」筆名發表短文於《上海文學》，著有《吳凱聲博士傳記》。

INK PUBLISHING 印刻文學 221

四章書

作　　者　泰戈爾
譯　　者　邵洵美
總 編 輯　初安民
責任編輯　施淑清
美術編輯　黃昶憲
校　　對　施淑清

發 行 人　張書銘
出　　版　INK 印刻文學生活雜誌出版有限公司
台北縣中和市中正路 800 號 13 樓之 3
電話：02-22281626
傳真：02-22281598
e-mail : ink.book@msa.hinet.net
網　　址　舒讀網 http://www.sudu.cc

法律顧問　漢廷法律事務所
劉大正律師
總 代 理　展智文化事業股份有限公司
電話：02-22533362・22535856
傳真：02-22518350
郵政劃撥　19000691 成陽出版股份有限公司
印　　刷　海王印刷事業股份有限公司

出版日期　2009 年 5 月　初版
ISBN　978-986-6631-80-1

定價　200 元

國家圖書館出版品預行編目資料

四章書／泰戈爾（Rabindranath Tagore）著；
邵洵美譯；
--初版，--臺北縣中和市：INK 印刻文學，
2009.5　面；　公分（印刻文學；221）
譯自：Four Chapters
ISBN 978-986-6631-80-1（平裝）

867.57　　98006360